爱情，晚安！

付景辉　著

中国电影出版社

图书在版编目(CIP)数据

爱情,晚安!/付景辉著.—北京:中国电影出版社,2012.7
ISBN 978-7-106-03539-6

Ⅰ.①爱… Ⅱ.①付… Ⅲ.①长篇小说—中国—当代 Ⅳ.①I247.5

中国版本图书馆 CIP 数据核字(2012)第 172208 号

责任编辑:纵华跃
封面设计:谷宗澎
版式设计:付义桥
责任校对:张 宇
责任印制:庞敬峰

爱情,晚安!
付景辉 著

出版发行 中国电影出版社(北京北三环东路 22 号) 邮编 100013
电话:64296664(总编室) 64216278(发行部)
64296742(读者服务部) E-mail:cfpygb@126.com.
经 销 新华书店
印 刷 北京紫瑞利印刷有限公司
版 次 2012 年 9 月第 1 版 2012 年 9 月北京第 1 次印刷
规 格 开本/720×1000 毫米 1/16
印张/11 字数/150 千字

书 号 ISBN 978-7-106-03539-6/I·0803
定 价 23.00 元

内容简介

也许在你我心中,都有一段无法抹去的记忆,一个曾经心碎而又心醉的故事,也许是当时我们的青春傲慢,年少轻狂,使曾深爱过的女孩或男孩伤心流泪。若干年后,当我们在某个灯火阑珊处蓦然回首时,在某个午夜梦回时,是不是有几丝幽怨,几许感伤呢?

当兰飞飞读懂自己,明白什么叫做爱情时,一切曾经好像拥有过的东西都已悄悄地离她远去,风雨落花,爱情如梦。她梦见马小石手捧着鲜花向她跑过来,而她却没有梦到最后走的那个人却是她自己。

人生到底追求的是什么呢?就像书中那些人的人生,是事业?是生活?还是梦想?也许是幸福。然而,他们又在逃避什么呢?相遇,相识,然后告别,一切的一切又归于平静。

也许就像书中马小石在诗中所写的那样,“当我发现我爱你的时候,你已经走了很远……”

然而,当沉默的地平线,将最后的一缕阳光,封锁在深深的寂寞中,今夜过后,谁又是谁的谁呢?面对爱情,请说晚安。

目录

我抬头，雪还在下着，那些飘落的雪花落在我们每个人的脸上，头发上，衣服上，一些瞬间融化，一些落下了又被风吹走了，就像当那些飘洒的雪花覆盖这个世界的时候，一些人花天酒地，一些人物欲横飞，一些人甜言蜜语，一些人笑如花开，还有一些人在暗地里悲伤地流着眼泪……

诗人就是自由的女神，我无情地挥霍泪水，流向曾爱过的人，我已经死了，可我的影子还在大地上奔走，就像悬崖上盛开的花，那是诗人无息的灵魂……

第一章>>

chapter one

我们一起忧伤

忧伤的潮水流淌不息，青春的灯火若即若离，我曾经在某一天，为谁的微笑深深陶醉？多年后的夜里，却变得如此狼狈，望着渐渐迷离的北京夜空，无声地流泪……

1

我走出研究所大楼时，外边下起了蒙蒙细雨。我站在门口的雨搭下面，看着马路上那些步履匆匆的行人，一张张流动的陌生面孔，似乎每个人的脸上都有满含深意的故事，思绪里突然出现一种叫做忧伤的东西，不知不觉我在这个城市里生活了十年。北京，这座城市是很多年轻人寻梦的地方，可是当梦醒来的时候，又有多少人实现了自己的梦想呢？这些年北京在我眼里，像是一个没穿衣服的少女，有的时候觉得它很美，让人怦然心动，有的时候又觉得它物欲横飞，使人渐渐迷离。

在北京生活的这些年，我发现我生活得越来越像猪了，无论是面对爱情、工作、朋友、还是我自己，都喜欢像猪那样与世无争地活着。我叫兰飞飞，是学心理学的，目前在一家研究所里实习，是一名心理调查研究员，经常会得出一些乏味无聊的结论。我从来没觉得那些花大把时间得出的什么结论有意义，就像去讨论鲁迅那老头看见今天的“时尚文学”会不会从棺木里爬出来一样，都是没有意义的。当然，也许只有我自己这么认为。

我妈常说我一个女孩子家学什么心理学啊？做个服装设计师多好啊，

每天都穿漂亮的衣服不说还能赚钱呢！我说你这老太太，嘿，怎么这么庸俗啊，就知道钱。每次老太太听我说这话都会跟我吹胡子瞪眼一番，然后开始滔滔不绝地向我诉说她那个年代。我妈当年是个知青，组织看她体格小，所以对她还是比较照顾的，直接下放到了北大荒。在那个风景无限美吃了上顿没下顿的地方苦捱了三个年头，而且当年还差点儿没把小命扔在那儿，所以我现在这种纸醉金迷的生活她看不惯，动不动就跟我做忆苦思甜的报告，弄得我都觉得当年差点儿没把小命扔在北大荒的那个人不是她，是我。

其实我喜欢用一种猪的视角来看这个世界，看我身边的每一个人，看他们忧愁，看他们烦恼，看他们欢笑，看他们起起落落地把自己埋葬在岁月当中。也许这就是生活，这就是人生，不过有时候想想生活觉得特好笑，就像我那些朋友，他们潜伏在各行各业，干什么的都有，小到平凡的辛勤劳动者，大到这个“家”那个“家”，用我朋友马小石的话说，什么家啊？除了我们伟大的科学家其他的都是“家庭主妇”。他这话也许有些偏激，不过在我朋友中文化人可是不少，其中最具有传奇色彩的要属作家杜寒。

说起杜寒我就想笑，他经常把自己和牛顿联系在一起，这是为什么呢？牛顿我们都知道，在树底下乘凉时不小心被苹果砸了，结果这一下砸出个“万有引力”。杜寒那小子在没成为作家之前属于仰望屋顶的空想主义者，啥事儿美他想啥，结果美事儿真的降临了。有一天他上街去溜达，横空飞下一个不明物体砸在了他的头上，用手一摸是鸟粪，心情郁闷之际突发灵感，文思如尿频奔流，千丝万缕的心灵感受凝聚于笔端，结果一本书就在他和鸟粪中诞生了，书名叫《鸟粪奇缘》。此大作一经面市销量还不错，于是他就觉得自己很有写作天赋，虽然跟牛顿相差十万八千里，但他觉得跟人家的经历颇为相似，只不过一个是苹果一个是鸟粪而已。

杜寒成为作家之后，感悟极其之深，恨如此崇高的鸟粪为何姗姗来迟，害他之前无数日夜空空虚度，假如一降生鸟粪就砸在他的头上，那他岂不是神童!？悲哀，这不能不说是一种悲哀，不过回过头仔细想想，现在成为一个文化人也为时不晚，青春尚在，有多少文儒落尽一生的墨迹也无半点儿成就，而他才涂抹一部就有莫大功效，他对自己都不禁肃然起敬另眼相看，把鸟粪和他的头撞击在一起的那个瞬间称之为“伟大的瞬间”，在他心中好比火星脱轨撞在地球上，有着不同凡响的震撼。

我的思绪正在雨中漂浮不定时，手机响了，掏出手机看了一下来电显示，是马小石。

马小石是我在北京交的第一个朋友，算算也有十年了，他曾经跟杜寒一样也是个写诗的文化人，而且在圈里还有点儿小名气，可是名气不能当饭吃，后来下海专职炒期货，不到两年就弄了几百万。有时候命运这东西真是邪门，以前马小石就住在我家对门，每天骑着快要报废的自行车四处找出版社投稿，吭哧憋肚地赚俩碎银子还不够修车的呢，三天两头就上我家噌吃噌喝，现在人家可是个有钱的主儿，家也搬到东城区去了。每当他回首写诗投稿的那段岁月，总是笑得特别的苦涩，他说那段岁月是他光着屁股追求梦想的年代，这一生中他都无法忘记！

马小石有些日子没和我联系了，听沈楠楠说他最近好像恋爱了，恋爱这种圣洁的词汇用在马小石身上，我总觉得有些好笑，在我朋友中属他最多情了，呵呵！

“飞飞，下班了吗？”电话接通后，从听筒里传来的是马小石一如既往的磁性嗓音，按照他的说法上帝对他是偏爱的，不但给了他英俊的外表和聪明的脑袋瓜，还给了他让所有女人听了心都为之一颤的嗓音。

每次我坐在我们家的阳台上望着天空时心里都有点儿愤愤不平，上帝怎么就不对我如此偏爱呢？身为女人没有身材，没有容貌，没有柔美的嗓音，哎，相关部门真应该给我颁发一个三无证书了，悲哀呀。

“嗯，下班了。今天是什么好日子想起来给我打电话呀，是不是又做了啥缺德的事儿了？说好了啊，要是十分恶劣的事儿我可举报政府啊！”我在电话里用语言打击他，我已经习惯了用这种方式跟他说话。

“别说的那么难听嘛，我这人多实在多善良啊，这些年了，别人不知道你还不了解我吗!?”他在电话那头说。

我拿电话的手抖了一下，憋了半天，硬生生地把眼泪都憋了回去，竟敢拿好人的头衔吓唬我，这些年了我还不知道他吗？“马小石，别人不了解你我还不了解你呀，千万别用善良抬高自己了，太刺激脑细胞了。”

马小石在电话那头哈哈一阵笑，“飞飞，其实我有个事儿想求你帮忙。”

我就知道没事儿他不会找我，跟他相处十年了，还不了解他？在他身上我啥也没捞着不说，还竟往里搭，而且得什么搭什么，就说上次那桩赌博事件吧，人家玩牌他在旁边看热闹，结果当场就被勤劳的人民警察给抓获了，半夜三更的他给我打电话，叫我以家属的名义去交罚款，我屁颠地去了分局，办手续的那位警察大哥对我好一通批评教育，说我对老公管教不严，对社会造成了很坏的影响，当时我听了心里这个不舒坦，就像吃东西被噎着了似的，他挨抓关我什么事儿啊？

那天晚上走出分局的大门时，马小石抬头望望夜空，神情宛然，目光苍茫，随口说出几句感叹的诗句：“忧伤的潮水流淌不息，青春的灯火若即若离，我曾经在某一天，为谁的微笑深深陶醉？多年后的夜里，却变得如此狼狈，望着渐渐迷离的北京夜空，无声地流泪，我没有犯法，真的没有犯法……”

我就想不明白，如果赌博不算违法，全国人民都赌博祖国谁来建设啊？

我在心里合计了一下，“什么事情你说吧，只要不是损害我个人名誉的事儿，一切都好商量。”

马小石在电话那头连声客套，说我够哥们儿，说这事儿绝对不反人民不反党，举手之劳无伤大雅，更不会损害我的名誉，就是让我做他一天的女朋友。

我差点儿没被飞过来的雨水呛着，现在想起分局那码子事儿心里还叫屈呢，有种被强奸的感觉，这回又找上我了。我说，“小石你得了吧你，我可没有这精神病般的爱好，有这时间我还上北京动物园看猴儿去呢！”

自从上次在首都体育馆花了一千多块钱看了什么组合开的演唱会后，我就改看动物明星了，不改不行啊，因为我妈这次彻底跟我火了，指着鼻子训我，说我是白痴，现在世界经济这样不好了，谁还花一千多块钱看她们在台上蹦达啊？而且还把嗓子喊哑了，以后让我拿着荧光棒去动物园看大猩猩耍猴去，如果再看见我去看什么演唱会，肯定会打断我的狗腿。

我也没再敢跟老太太犟嘴，因为那一千多块钱是我从夏春雨那里借的，要是让她老人家知道我现在活得这么潇洒，欠了一屁股外债，那就不是打断狗腿的事儿了，非跟我动刀玩命不可！

马小石说，“飞飞，你一定得帮我，上次喝了点儿酒和几个炒期货上的朋友吹牛说我女朋友是心理专家，他们不相信，说我说大话吹牛皮，小心烂嘴巴！”

我一听呵呵乐了，在我们这个朋友圈里都知道马小石爱吹牛皮，而且他吹牛从来都是脸不红心不跳，说得有鼻子有眼的，你不相信都不行，就连我们这些在一起多年的朋友，有时候都会一不小心被他那张口若悬河的烂嘴巴给忽悠了，那可真叫个本事！

记得第一位马小石的女朋友，就是他吹牛吹到手的，那个女孩叫蒙蒙，是学芭蕾舞的，马小石跟人家吹牛，说他爸是大作家马某某，他家钱多得发白毛，他还把夏春雨那辆红色跑车借来开，装气派撑场面，再加上马小石那张忧伤的脸，所以那个叫蒙蒙的女孩二话没说就投怀送抱了。有一天，马小石骑着破自行车上出版社去投稿，在蜂窝路被那个女孩当场抓获了，马小石心里还没个准备呢，一个空前绝后的大嘴巴落在了他的脸上，那个女孩说你爸要是大作家马某某，那我爸就是国防部长了，去死吧你！

那是马小石第一次被女孩打，他倒是想得开，他说这事儿谁也不怨，就怨他走的那条路的路名没起好，叫什么蜂窝路啊，要是叫平安路、无灾路什么的，这场灾难就不会发生了。

“小石，我又不是什么心理专家，再说给你当女朋友我多丢人啊，不干不干，我不干。”我拒绝他。

他在电话那头急得直跳脚，哭哭唧唧地哀求我，说是我不去救他，他就得从亚洲大酒店的楼顶上跳下去，他拿小命跟人家打的保票，说是不白求，我说什么条件他都答应，只要他办得到。

听他说这话我也没辙了，我这人嘴硬心软，再加上这些年的交情，也不能见死不救啊。

我说，“你在哪儿呢，我马上过去救你。”

他说，“亚洲大酒店你快点来，我在门口等着。”

挂完电话，雨好像停了，偶尔会有零星的雨点落在脸上，凉凉的，我在路边拦了一辆出租车，上车后我告诉那位司机师傅，“快点开，人命关天的事儿！”

那位司机师傅扭过头，看了我一眼，“小妹妹，快开可以，但你至少也让我知道往哪开呀，中南海咱可进不去啊。”

我心想就你这破车还想进中南海哪，人民大会堂的门口都不能让你停，“亚洲大酒店，快点儿开啊，人死了你负责。”

那位司机师傅听我这一说噌地把脑袋转了过来，跟地球仪似的，“妹子，你看哥赚点儿钱也不容易，你还是直接坐120车去吧。”

我嘿嘿笑，看把他给吓的，“快开吧，跟你开玩笑呢！”

起动车子后，他问我，“妹子，听口音你是东北人吧。”

“嗯。”我点点头。

时间过得真快啊，一晃在北京十多年过去了，我望着车窗外，这时的雨彻底停了，乌云已经渐渐地散去，太阳露了出来，雨后的城市显得格外新鲜，我心里合计着该如何扮演好假女友的角色，因为这事儿以前没经历过。

我远远的看见马小石挟着皮包叼着烟站在酒店的门口，正和一个女孩张牙舞爪地说着什么，那个女孩高高的个头穿着红色的旗袍，一看就知道是酒店的迎宾员，马小石回头看见我颠颠地跑过来，春风满面，从包里抽出一张百元大钞顺着车窗扔了进去，付车钱。

我用手拍了一下他的肩膀，“和人家小姑娘张牙舞爪地说什么呢!?。”

马小石嘻嘻笑，“跟她探讨探讨我的传奇人生，呵呵!”

“就你那风雨飘摇的过去也叫人生?”我哈哈笑，了解他胜过了解我自己，就他那人生，哎!

也是，马小石跟哪个女孩说他自己的身世都不一样，那是绝对的传奇加离奇，简直就不是人，最多的时候可达四、五个血统。有一次他跟一个女孩说，他叫小石·德·马伯爵，他家的势力在中世纪欧洲的时候极其庞大，他爷爷的爷爷是一个英勇善战的骑士，打过无数次胜仗，他爷爷的奶奶是教皇的女儿，结果那个女孩是学文史的，很客观地送了马小石两个字，“疯子”!

“小石同志，今天这事完了你拿什么谢我啊?”我得提前落实一下酬劳的问题，弄不好又白搭了。

马小石眉飞色舞地说，“飞飞，你放心，你要什么我都给你，包括我的第一次！哈哈!”

“你少贫嘴啊!”我斜了他一眼。

“那你说吧，我听你的还不行吗!”马小石像个孩子似的眨着眼睛看着我。

我想了想，然后诡异地笑笑，“小石呀，我这个月挺失败的，欠了一屁股外债，你钱多得不是发白毛吗?”

马小石一听，连连点头，像捡了多大便宜似的，也没问有多少。我心里暗自高兴，嘿嘿，谁让这小子是个地主啊?

我拎着小包踢着欺骗的脚步向电梯走去，只听从身后传来马小石跟那个迎宾女孩细语的说话声，“妹妹，如果明天我公司没什么重要的事情，哥哥开车来接你，咱俩上北海公园划船去，不是哥成心夸你，就你这身材，哪个女孩站在你面前，都得憋屈死啊！看看，你还笑，哥没骗你，真的，哥就不会骗人！”

马小石那张破嘴像抹了蜂蜜似的，我听着都浑身起鸡皮疙瘩，那个女孩呵呵笑，声音特甜美，我回过头瞄了一眼那女孩，俊俏的脸上带着阳光般的灿烂微笑，散发出青春的色彩。

在电梯里，我问马小石，“你什么时候开公司了？怎么没听你说过呢？”

他一脸微笑，“开了一家投资公司，哎，生活呗！哦，那个小姑娘挺单纯的！特别听了我的传奇经历之后，对我很是崇拜啊，嘻嘻！”

我抬头，望着电梯顶上的灯，我如此清白的人居然要给这种鸟人当一天的女朋友，想想都晦气，怪只怪我昨天晚上的那个梦没做好。昨天晚上做梦，梦见我左手拿个小碗，右手拄着小棍，在天桥底下乞讨，没有一个人可怜我，那些路过的人都说我是社会的小骗子，这不，今天就光荣地上岗当上骗子了。

2

我跟马小石进了包房，里面一共坐着四个人，两男两女，我都不认识，那两个男的肥头大耳，肚大腰圆，瞬间在我脑海中浮现出一组猪的画面。那两个女人穿着都很时尚，一看就知道不是金领也得是个白领。

马小石眉开眼笑地把我跟他们作了介绍，那两个男的是他炒期货上的朋友，那两个女人我猜得没错，都是大企业里的。

“小石哥，听说你以前还是个诗人呢!？我上学的时候最喜欢诗歌了!”其中一个女孩笑眯眯地说。

马小石点点头说，“嗯，那是很久以前的事情了，往事不堪回首啊!”

“诗人都很浪漫的。”那个女孩说。

马小石说，“诗人是什么啊？诗人就是面朝大海，光着屁股，穷浪漫!”

“哈哈!”那个女人夸张地笑起来，黑色长发随之摇颤，“小石哥真幽默，嫂子有眼光，爱上你算是爱对人了!”

“嗯。”马小石坐在我旁边应声点头，表示这话说得很有道理，接着一本正经地装好人，“我这辈子就爱我们家飞飞一个人。”

我在桌子底下狠狠地掐了一下马小石的大腿，疼得他一咧嘴。

“小石兄弟，你不够哥们儿啊，认识你这么长时间了，才把弟妹介绍给我们认识，是不是怕我们撬行吧!？”坐在我对面的那个男人笑着说。

马小石点燃一根烟，又开始吹牛，“有一点我从来没怀疑过，就算你们把地球撬起来，也撬不走我老婆，我们俩那是绝对的罗曼蒂克。当然了，我对我本人的魅力更是充满信心啊!”

我看着马小石唾沫横飞地白话，不禁伸出大拇指，真是厚脸皮啊！哎，俗话说送佛送到西，骗人骗到底，我挽起马小石的胳膊弄得像对恋人似的，“小石说得没错，我们家大小事情都是他做主，他在外面做什么事情我从来都不过问，放心啊!”

我说完那两个猪头羡慕得不得了，都说马小石好福气，找到一个善解人意的女朋友，说他们的老婆都赶上美国侦察兵了，有一点儿不轨的行为都能侦察到，而且还虐待战俘，承认错误也不行，照样使用家庭暴力，马小石端着酒杯，一脸笑容，听他俩诉苦更是臭美，不时地向人家传授治家之道。

“做公司就跟成家一样，老婆是什么呀？老婆就是投资的项目，老婆贤惠家才能和气，项目做好了公司才能发展。而我们是什么？我们是公司的管理者，家的经营者，哎，责任重大呀！”马小石说完得意地喝了一口酒。

“小石兄弟真是管理上的人才啊！真知灼见、受益颇多啊！”那两个男人对马小石大家赞扬。

“从诗人到成功的管理者，小妹佩服！”，那两个女的也是随声附和。

我突然间觉得马小石很有思想，当然，他对事物的理解有时候我都感到意外，记得马小石曾经对爱情有过一种理解，他说，“什么是爱情？爱情就是心灵在精神领域的一种漂移，性质如同梦游。”这话我至今没弄明白。

从酒店出来我头有点儿晕，我这人对酒不在行，少喝点可以，喝多了就不知道东南西北了，这一点马小石是深有体会，因为他就是受害者之一。去年我们大家伙过圣诞节，我当时心里不知怎么的那么畅快，喝着喝着拿起啤酒瓶子就冲马小石的脑袋砸了下去，当时在场的人都惊呆了，马小石捂着头破血流的脑袋看着我都傻掉了，谁也不知道发生了什么事情，后来酒醒了我告诉他们没什么事儿，就是一高兴酒喝多了，想表达一下激动的心情！后来这些朋友跟我一起喝酒时，谁也不敢让我多喝，说是我喝多了心情过于激动，容易草菅人命，对他们的生命安全没有保障。

在酒店的门口我说我打车走，马小石说什么也不干，要开车送我回家，还说好久没看见我妈了，顺便再看看我妈。

“你谈恋爱了？”在车上我问马小石，这件事儿他没跟我说过。

马小石有些无奈地说，“她是一酒吧的歌手，叫陈水灵，我当初跟她没想发展下去，谁知道她跟你似的，一个心眼儿，认准了我就不放手了，唉，现在这女人哪！”

“马小石，我什么时候跟你纠缠不清了，哪次不是你先给我打电话啊，有能耐有事儿你别找我啊，我还不愿意理你呢。”我撇了他一眼，然后把脸转向车窗外，看着天边的晚霞。

我跟马小石这些年一直是吵吵闹闹过来的，每次都是两句话不到就闹翻儿了。有时候他会让着我，有时候他也会跟我一牛到底，有时候我会动手打他，当然，他从来没有打过我，顶多骂骂我，骂我嫁不出去，有时候我都在想，我们俩上辈子是不是仇人，以至于这辈子也成了冤家。

马小石突然呵呵地笑起来，他说，“飞飞，你是不是真的爱上我了？”

“嘁，爱上你？看看你那副德行，别做梦了，就算花不开了，雪不下了，四季没有轮回了，我也不会爱上你的。”

“嘿嘿，没爱上我最好，我就怕你爱上我，你说你要是爱上我了，我有多忧愁啊！”

“你忧愁什么啊？”

“我怎么不忧愁啊，咱俩这么多年的交情，咋好意思拒绝你，伤你心啊，如果不拒绝你，我这么风华正茂那岂不是很亏！？”

“别说爱上你，有这样的想法都是一种悲哀！”我白了他一眼。

“嘿嘿，不过有一点你要弄清楚，我和陈水灵的关系非常纯洁，顶多就是亲亲小嘴搂搂小腰，对于生活还没有更深一步地探讨过。”

“你对人家没深入探讨，人家能缠着你不放让你负责吗，鬼都不相信！”

他说，“这事儿我绝对没骗你，小女子落花有意，怎奈哥们儿我流水无情啊！”

“臭美吧，我还不知道你！？”我瞪着他，“没女人你都会变成木乃伊。”

“你知道什么啊，所有的男人都是因为女人才存在的，那是超越肉体的精神世界。”马小石顿了顿，然后又接着说，“你想想，如果没有凯思的普希金，没有尤丽的裴多菲，没有克拉拉的舒曼，没有唐婉的陆游，没有陆小曼的徐志摩，没有隆儿的郁达夫，没有卡蜜的罗丹，那谁又是谁的伟大，谁又是谁的灵魂呢？永恒的女性，引导我们飞翔！快乐地飞翔！”

“谬论，你们男人怎么不引导我们女人飞翔啊？”我不以为然。

“哎，书呆子！”他长叹了口气，“你知道什么是生活吗？”

“哼，这谁不知道？生活就是一日三餐。”我回答。

“你这是猪的生活！”他哈哈笑。

“那你说生活是什么？”我问他。

“生活是什么？生活就是把微笑放在随处可见的地方。”他说完歪过头来看了我一眼，然后淫荡地笑着。

透过车窗，晚风吹乱了我的长发，我喜欢这种被风吹的感觉，路边一个男孩骑着脚踏车带着一个女孩的身影映入我眼帘，他们的笑脸，把我带入了久远的记忆，脑海中闪现出一幅朦胧的画面。几年前，同样的傍晚，同样的笑脸，同样的画面，我和马小石……

[3]

在上我家的路上，马小石在一家超市买了一大堆的补品。自从他炒期货赚了钱后，每次去我家都会买一大堆的东西，他经常开玩笑说我妈就是他妈，而我妈也特别的喜欢他，说他是一个知道孝敬老人的好孩子，还让我向他学习呢。我觉得马小石特会拍我妈的马屁，而且一拍一个准，所以以前他上我们家蹭饭吃时，对我特理直气壮，好像蹭饭吃的那个人不是他，是我。

我妈在家里正热火朝天地和孟阿姨他们打麻将呢，看见马小石来乐得嘴都合不上了，根本没理睬我，好像没有我这个人存在似的。马小石真是个马屁精，把手里一大堆的东西往我怀里一塞，几步就冲到我妈旁边当军师去了。

我妈说，“小石呀！最近忙什么呢？好些日子没来看阿姨了啊！”

“阿姨不是我不想来看您，是飞飞她不让我来啊，这不，刚才在车上还对我实施暴力呢。”

马小石说完回过头来冲我挤眉弄眼的，这小子是存心跟我过不去啊，等哪天我喝多的，哼！

老太太一听这话当时就跟我俩来劲了，“你这个小东西，小石来看我，你拦什么呀？二条……”

老太太说着一个二条随手扔了出去，当场就给庄家点了一个清一色，两百，厉害啊！

“你看看，你看看，又点了，还是个大的。”老太太絮絮叨叨着，“真奇怪了，都赶上炮兵团团长了，一点一个准。”

哼！骂我还能不点炮吗？我站在那儿，抖颤着小腿，心里正为那点炮阵亡的两百块而高兴呢，马小石把皮包往麻将桌上一放，“阿姨，我打两把给您缓缓手气，输的钱我全包了，赢了算您的。”

老太太一听乐呵呵地从战场上下来了，“小石呀，替阿姨出口气，把她们兜里钱都赢干。”

马小石坏得冒水，拿金钱收买我妈，还故意煽风点火，“阿姨，你就别难为飞飞了，要不然她还得报复我。”这小子说完呲牙咧嘴地看看我，脸上挂着贼笑。

“她敢！”我妈说着转过身挽了挽衣袖子，雄赳赳气昂昂地直奔厨房。

我妈这人一共三个爱好，打麻将、爱唠叨、看我不顺眼，其中属爱唠叨最有杀伤力，唠叨起来没完没了，就跟《大话西游》里的唐僧似的，其实我妈以前不这样，也就是这二年爱唠叨。

我跑回卧室换了一身睡衣，然后飞身上床。其实我这人还有一大兴趣，就是爱看书，无论是一些猫尿狗骚的时尚小说，还是让人疲惫不堪的古典文学，都会看得昏昏欲睡。记得上大学时还梦想过当一文学青年呢，那时候我还热血澎湃地写过一个句子，由于很有哲理性，所以至今没忘：“爱情与生命的完美结合，在于缺心眼儿的感悟。”后来马小石看到了这句话激动不已，说我文采飞扬，还说了一句十分振奋人心的话鼓励我，他说你要是能当文学青年啊，那母猪就能上树了，结果我的文学青年梦也就在母猪能不能上树这个问题上破灭了。

不过现在想想也多亏破灭了，因为我真不是那块料，俗人一个，重要的是没有鸟粪落在我头上！

马小石说现在的时尚小说就像是一个精神病对一个疯子说话似的，而且文章都落了俗套，好比女人生孩子，生一个跟生两个或者更多只是数量的不同，却没有实质性的差别。同样是生，不是谁生得多或是生得个大就伟大，要说俗套倒也作罢，更可气的是居然有人能生出“畸型”来，真是让人愤然赞赏痛苦崇拜。

我不是这个行当里的人，所以没什么见解，看书也就是看个热闹，有时候睡不着觉还可以充当安眠药用。

那天我去一家书店闲逛，虽然不是周末，但看书的人还是很多。在时尚小说专栏区有一小男孩正拿着一本书翻看呢，年龄大概在十四、五岁左右，看见我站在他旁边，脸刷的一下就红了，看那架式是不好意思了，放下书撒丫子就跑，头都没回，我当时心里直纳闷，我又不是没穿衣服，你跑什么啊!?

后来我拿起那个小男孩扔下的书一看，当时就乐了，书名叫《异性的口水》，里面有一句话是这样写的：“当你看见我流下口水的时候，请你不用怀疑，你是世界上最美的女人。”

那天我把这句话给马小石背诵一遍，我原本是想拿这话刺激刺激他，因为他就是这种男人，看见漂亮的女孩口水能绕着北京地铁二号线流一圈。结果马小石让我刺激严重了，破口大骂，是谁把我当年写的诗给抄去了？那叫抄袭，我最讨厌这种人了，真他妈的缺德。我说你得了吧你，就你那烂诗也有人抄？结果马小石把后两句给我背诵了出来，“当你看见我流下口水的时候，请你不用怀疑，你是世界上最美的女人。当你看见我流泪的时候，请你不用怀疑，我是世界上最爱你的男人，尽管你认为那是丑陋的温柔，为了你，我也愿意赤裸着身体流浪街头……”

后来马小石一看书的作者他认识，是当年和他一起写诗时的朋友，叫江默然。听马小石说江默然当年比他混得还惨，不是经济上的，而是他写的那些诗，一些自称是很有文学道德的人，说他写的东西没有文学色彩，颇有墨臭味，结果默默无语沉寂多年。

最近我正在看江默然的另一部著作《我们一起哭泣》，“谁让我心碎，谁让我崩溃，爱情欲孤独，黑夜欲流泪，风一样的青春啊，请你给我们这些追求梦想的人儿，一点点的，哪怕是一点点的空间，让我们在那里一起尽情地哭泣……”

我看着看着就迷糊了，糊里糊涂地不知道睡了多长时间，就觉得门被人打开了，紧接着一个湿乎乎的冰凉的东西落在了我的脸上，我睁开一只眼睛一看，原来是马小石那个挨千刀的畜生，他把一块冰块放在了我的脸上，还站在那儿看着我得意地笑着。我随手拿起床边放着的那本《我们一起哭泣》，冲着他的大脑袋飞了过去，正好飞在他的脸上，他手捂着脸愣愣地看着我。“做梦呢，做梦呢！”说完我把脑袋扎进枕头底下，又接着睡了。

梦中，有一个人在哭泣，他说兰飞飞，我脸疼……

4

早上起床的时候太阳照屁股了，阳光很刺眼，我妈在厨房里拿着菜刀正对着一条大鲤鱼左三刀右七刀地玩命呢，脸上的表情凶狠无比，好像那条鲤鱼是赢她钱的那些麻友似的。

我手里拿着毛巾倚靠在厨房的门框上，问我妈马小石昨天晚上什么时候走的，我妈回过头来看了我一眼，接着一刀就把鲤鱼的脑袋剁了下来，把我吓一跳，心里扑通扑通的，这哪是个信佛的老太太啊!?

“他捂着脸走的。”

我一听噗哧乐了，那小子还真会装腔作势啊。

我妈回头看了我一眼，然后嘟嘟嘟地说了一大堆，“你呀，对人家不能好一点儿吗，小石又不是两三岁的小孩了，平时我是怎么教导你的啊，一个女孩子成天东跑西颠儿的跟个精神病似的，以后能嫁得出去吗，谁敢娶你呀!?”

心里窝火，起来就挨训，一天的大好心情都没了。不就是总给你买东西献殷勤吗，至于把我和精神病扯上关系吗？再说了，我什么时候东跑西颠儿的了？

我抗议，跟老太太俩吹胡子瞪眼地穷嚷嚷，“是他先把冰块往我脸上放的。”

“小石这孩子对你多好啊，什么事情都顺着你，还有本事赚钱，住对门这些年我看在眼里，绝对差不了，你要是能嫁给他呀是你的福气。”

得，这老太太又开始乱点鸳鸯谱了，她看谁都好，“马小石那是火坑，谁嫁给他都得被烧成灰烬，我可不想把大好的人生火葬，再说了，我的工作还没稳定呢。”

“工作没稳定怎么了，没听当年小平同志说吗，要两手一起抓，你妈我……”

老太太刚要发表儒家学说，一回头，我几个健步就冲进了卫生间，探出头冲她咧嘴，“您老接着说，记得点做鱼时别放姜啊，我爸可不吃。”说完把门关得死死的，嘿嘿，让老太太自己在那念叨去吧。

“毛主席光芒照四方，我们农奴翻身把歌唱……”我嘴里哼哼着，心里想着炖鱼的味道，真香啊！

七月的北京死热死热的，就像一个大火炉。听天气预报说今天的气温可达36度，高温，我带着太阳镜穿梭在太平桥大街上，有时候我也觉得自己的精神有点儿不正常，这么热的天儿不在家吹空调，还出来四处闲逛，哪个人像我这样啊。当我从家里一出来，放眼一望，嘿嘿，满大街上都是人脑袋，千奇百怪的头型，敢情精神有问题的人不止我一个啊！

记得十年前来北京的时候，哪儿哪儿都不知道，一出家门头就晕，就像刘姥姥进了大观园，那时候马小石带着我到处跑，所以北京城印遍了我和他牵手走过的足迹。现在回想起来觉得我当时特傻，天天走也不知道累得慌，而且我的手就那么不值钱，天天让他握着，我的纯真年代啊，白白让他给糟蹋了，想想都郁闷。

刚走到齐白石故居，电话响了，沈楠楠在电话那头张牙舞爪地一通狂喊，“我到你家阿姨说你刚走，你又跑哪儿撒欢儿去了？”

我说，“在齐白石故居呢。”

“你神经啊，上那老头家干吗去呀，破房子有啥好看的啊！”

我一听差点儿没把电话扔了，这就是我的好姐妹沈楠楠，有时候我跟她在一起都觉得自己特庸俗，特没文化，她刚从警校出来，目前还没有一份正式的工作。

我说，“那是小齐同志的故居，不是破房子，你呀也太侮辱文化了。”

“什么文化啊，不就是跟历史沾上点边的破房子吗，在那儿等着啊，我马上过去接你。”

沈楠楠说完把电话给挂了，她就是这么一个人，想什么说什么，直性子，别看没什么钱，小日子过得却相当潇洒，跟个幽灵似的四处乱跑，来无影去无踪。有一天夜里我躺在床上正睡得脚踏浮云飘飘欲仙，忽然听到电话响，接起来一听是她，在电话里呜呜喳喳叫唤一通，说她此时正在成都的一家歌厅跟朋友唱歌呢，说他朋友真疯狂啊，唱歌跟杀人似的，全不在调上。结果第二天中午她就跑到我家去了，我木呆地看着她，怀疑自己是不是见着鬼了，后来她跟我说连夜坐飞机赶回来的，这一路上心里七上八下的，总觉得飞机会掉下去把她摔死，走出首都机场的时候她沉重地思考一翻，总结出一句很有哲理性的句子：“活着真他妈的美好啊！”

大概过了半个小时左右，沈楠楠开着她那辆奇瑞 QQ 从远处飞奔而来，一脚急刹车停在了我前面，我隐约闻到了一股胶皮味。

楠楠把车窗摇下来一半，“发什么愣啊，破房子还没看够啊，赶紧上车。”

“咱这是要去哪啊！?”我问她。

“这么热的天，避暑去。”

我刚想说我不去了，她又随口扔出一句话来，“合计什么呢？快点上车啊，是不是想让我把你扔进车厢里来啊！”

“呵呵，不用不用，不麻烦您老人家动手了，还是我自己来吧。”为了安全起见，我颠颠地上了她的车，有一种被绑架的感觉。

上车之后我突然发现楠楠今天的打扮有点儿反常，粉红色的裤子，蓝色的半袖衫，头发扎成两条马尾辨，我像欣赏古董似的欣赏了半天，最后惊奇地发现，她这身装束怎么像个傻妞啊？

“你看什么呢，没见过我啊？”楠楠说。

“楠楠，你今天没受什么刺激吧。”我试探着问，怕哪句话说错她在把我从车窗扔出去，那就犯不上了，我这小体格可禁不住啊。

“受刺激？我能受什么刺激啊，你不知道我活得有多自在。好了，听音乐，这首歌我最爱听了。”楠楠凄然地笑笑，边开车边点着了一根烟，车上放着那首周杰伦的《千里之外》，“我送你离开，千里之外，你无声黑白，沉默年代，或许不该，太遥远的相爱，我送你离开，天涯之外，你是否还在……”

我了解楠楠，她一定是遇到了感情上的问题，我想肯定与她的初恋男友王博有关。王博是楠楠的警校同学，毕业后去了深圳，那个遥远的海滨城市，在离她千里之外的南方。之后两个人就很少联系了。

[5]

半过多小时之后，楠楠的车停在了三里屯北街一家酒吧的门口，三里屯北街的酒吧比较密集，从南到北，不算太长的街道上聚集着几十家酒吧，“棕榈海滩”、“兰桂坊”、“男孩女孩”、“海角天涯”、“休息日”……门口与门口之间紧密相连，如果不仔细辨别，你是很难分出哪家是哪家。而且许多著名的歌手在没成名前都在这的酒吧里唱过歌。

我们来到的这家酒吧叫“地中海”，是我一姐们儿开的，她叫柳梦伊，四川人，几年前带着梦想来到北京发展，住过地下室，做过推销员，经过几年的打拼终于赚了些钱开了这家酒吧。

“你就带我上这儿避暑来啊?”有很多时候我都不好意思来，因为我们每次来这里喝酒都是免费的。说实话，柳梦伊是我这些朋友当中最踏实的一个人，曾经的汗水换来了今天美好的生活，真是不容易。

“怎么着，你还以为我带你去承德避暑山庄哪，上这来就够牛逼了。”

楠楠关上车门，然后冲我一摆手，迈着流氓的脚步，带着砸酒吧的气势，就往里面冲，我蹶达蹶达跟在她的屁股后面，像个帮凶，顿时也觉得自己挺牛的。

柳梦伊看见我和楠楠，脸上的笑容犹如桃花盛开。说句心里话，她长得的确很漂亮，至少比我漂亮，所以我一直认为我要是没有那份无聊的工作，我就得饿死。梦伊现在虽然生活很富裕，但她的穿着总是那样的朴素，在我心里她就像个大姐姐似的。

我和楠楠在挨着窗口的一张桌子坐下了，梦伊拿来一瓶XO。

“梦伊，不用拿这么贵的酒，弄几瓶青岛啤酒就行了。”楠楠坐在沙发上翘着二郎腿，嘴里叼着烟，像个大爷似的，“都是自己人，你也不容易，别太浪费了。”

“没事儿，这酒不贵。”梦依说着“砰”地一声酒启开了，几千块阵亡了。

梦依把酒杯倒满后在我旁边坐下了，笑嘻嘻地拍了拍我的肩膀，“飞飞，最近怎么很少来了呢？”

我叹叹气，“最近太忙了！”想起我那份无聊的工作心里就发堵。

“忙？呵呵呵……”梦伊笑笑，“是不是忙着谈恋爱呢!？”

“你这是听谁说的？我跟谁谈恋爱啊？”

“猜猜看？”

她这个人就是这样，说点什么事儿都好卖关子，“你快说行不行啊，让人等着心急。”

梦伊喝了一口酒，“马小石。”

梦伊说完我还没来得及反应，楠楠“蹭”地一下子从椅子上站了起来，两个眼珠子像乒乓球似的死盯着我，“兰飞飞，不会吧，那小子可是个祸国殃民的家伙啊，你跟他？上帝，还不如跟头猪呢。”

我急忙向她俩解释，“别听马小石瞎说，我可没跟他谈恋爱，是他求我帮忙的，充当了他几个小时的女朋友而已。”

没办法，我又把昨天的事情从头到尾复制了一遍，要不然这二十多年的清白就得毁于一旦，比窦娥还冤。听梦伊说马小石昨天晚上他从我家出来就上这来了，自己一人喝了六瓶青岛啤酒，两个眼珠子冒绿光。马小石真是聪明，知道酒后开车不安全，跟梦伊说他今天晚上不准备开车回去了，让梦伊找两个人给他看车，他要从三里屯走回去。梦伊怕他找不到家，再睡在大街上，于是开车把他送回家，在车上马小石跟梦伊说我现在是他名正言顺的女朋友了，还说我深深地爱着他，我没有他就得跳黄河，他没有我就得跳长江，总之我俩谁没谁长江和黄河都得被污染。

梦伊说风凉话，“马小石不愧是写诗出身的，喝成那样了，说出话来还够有情调呢，祖国的两大河流你们俩全包了，不佩服不行啊！”

其实马小石的诗写得属实不赖，不然当年也不会在诗坛上排行倒数第一，穷得直翻白眼儿了。

梦伊说完楠楠又把话茬接了过来，“也是呀，你们俩认识十多年了，你就从来没喜欢过那小子吗？”

我忽然一阵心酸，岁月如梭，沧桑变化，往事如同穿越记忆的时空，带着灵魂最深处的涌动，飘飘而来。

在很久很久以前，我的确爱过马小石，那时候他并不像现在这样多情，对爱情特单纯。当我在心里对他萌生爱意时，他却牵起了另外一个女孩的手，那个女孩叫吴雪停，是学医的，两个人爱得死去活来热血沸腾，什么天荒地老海枯石烂你死了我趴火车的承诺说了一箩筐，那时候也是马小石写诗写得最疯狂的时候，“风过雪停，落在一块小小的石头上，不要惧怕岁月的灰尘，请相信，那是圣洁的爱情！”把他们两个人的名字融入了诗中，诗本身讲究的是一种意境，一种灵魂的肆意飘渺，如果爱情跟诗要是结合在一起，可想而知安全是无法保障的。

事实也证明了这一点，没到半年吴雪停就把圣洁的爱情和一箩筐承诺当成了垃圾，连句分手的话都没说，不声不响就去英国留学了。当然，爱到结局连分手都不用说，可见诗的魅力所在。惨痛的初恋让马小石明白了“天荒地老、海枯石烂”那都是诗人放的屁，省略了爱情心灵就不会受到伤害。

马小石把他的文学道路走上绝境的原因，也都归功于初恋女友吴雪停，说吴雪停把他的激情脑细胞温柔地杀死了。而我就像一个可怜虫，对马小石的那份爱还没出售呢，就轰轰烈烈地宣告破产了。

我回过神来，突然发现梦伊看着我一脸坏笑，“你笑什么梦伊？”“没想到，飞飞，原来你也爱过马小石。”梦伊笑着说。

“我可没说这话，您老可别瞎猜。”我像做贼似的为我当年犯下的思想上的错误遮遮掩掩，要是传到马小石那小子的耳朵里，那我这张脸就得往猪屁股上撞了，这还没怎么着呢他就把长江和黄河搬了出来，要是知道我当年觉悟低，暗恋过他，那他还不得把四大洋七大洲弄出来呀，到时候我们俩就得造成全球性的污染了。

“这还用得着猜吗，你脸红得都跟猴儿屁股似的，谁还看不出来呀，爱过就爱过，没什么了不起的，我十六岁就谈过恋爱，虽然一个星期后分手了。”楠楠一阵慷慨陈词后，拍了拍屁股从椅子上站了起来，“你们俩先聊着啊，我去趟卫生间！”

“其实马小石那人挺好的，就是有些贪玩。”梦伊望着窗外低语。

我知道我怎么辩解都没用，以前李小白就说我当不了心理医生，因为我不会说谎。当心理医生除了有专业的水准外还有最重要的一条，就是死不要脸地白话，而且要白话得特高尚。所谓的高尚就是患者无怨无悔地往外掏钱不说，还得激动不已泪流满面地向你表示由衷的谢意，而我倒好，啥也没说呢，心里的那点儿丑事儿人家全知道了。

李小白是我大学时的同学，从大学里刚出来那会儿，我俩稀里糊涂地进了同一家研究所实习，他管这叫缘分，而我却认为这是老天爷没长眼睛。在研究所时他整天低头思索人生，跟光着屁股的思想者似的，特深沉，后来他终于思索明白了，觉得自己这样混下去是一种人才上的浪费，会给国家造成不小的损失，决定离开研究所开一家心理诊所，说是为人民服务，还大言不惭地称自己是什么“心灵的医生”。在我看来，他这是打着为人民服务的旗号骗取人民的钱财！

想起李小白我心里总有一种说不出来的滋味，他追求我三年多，上大学时他就开始追求我，那时侯我走哪儿他跟哪儿，老在我的屁股后面转悠，就像我的小跟班儿，还说是爱我比海深，对我比他妈都亲。那时候他还给我写过一首情诗呢：那天我梦见你，夜风吹过窗帘，就算你拒绝我一千次，也不会忘记梦里的那一瞬间，我爱你，比永远多一天……结果我真如了他愿，没拒绝他一千次也有几十次了吧！

现在李小白是我好姐妹夏春雨的男朋友，两个人相处没到一个月就吃在一起住在一起了，出来进去成双入对的，想当初他们俩还是通过我认识的呢，后来不知怎么的就勾搭到一起去了。哎，我这才叫为人民服务呢！

楠楠回来了，回来后又开始继续喝酒，不知道她今天怎么了，好像有心事儿。

这时一个女孩从我们面前经过，梦伊叫住了她，那个女孩娇娇气气的，穿着打扮也很朴素。

梦伊看着我和楠楠，笑嘻嘻地说，“给你俩介绍一个人认识，她是我这里新来的歌手，陈水灵，是马小石介绍来的。”然后又冲着那个女孩说，“她俩是我的好姐妹兰飞飞和沈楠楠。”

“两位姐姐好。”那个女孩轻声说，听得出她的嗓音很好。

那个女孩说完，楠楠坐在旁边当啷地冒出一句话，“她就是传说中死缠着马小石不放的那个女孩啊，你还别说，看看那小模样长的，真叫个水性扬花，一点都不崎岖，有句话怎么说来着，漂亮的野花最迷人！”楠楠越说越兴奋，问那个女孩，“对了，妹子，你叫什么来着？”

“我叫陈水灵。”那个女孩脸红着说。

“陈水扁和你没什么关系吧，你可别吓唬我啊，他可不是什么讲究人，你一定要跟他划清界线，小心挨扁啊！”

我一个没控制住，把嘴里的酒都喷了出去，楠楠语不惊人死不休，说不上哪会儿冒出一两句格调比较高的话来，你都扛不住。

楠楠一个劲地擦脸，朝我嚷嚷，“兰飞飞，你喷酒倒是先发个警报什么的啊，我一点心理准备都没有。”

我嘿嘿笑，刚才那口酒都喷到她脸上了，我拿张纸巾在她那张脸上左擦一下右抹一下，疼得她直“妈呀”，“轻点儿，你轻点儿，这是脸不是你们家地板……”

说句心里话，我们家地板可比她脸受看多了，最起码光滑。

梦伊站在旁边也哈哈地笑着，那个叫陈水灵的女孩嘟着嘴，冷巴巴地看着楠楠，我想她心里一定很不舒服。

陈水灵走后楠楠又默默地喝了两杯酒，她说，“飞飞，你知道我今天为什么心情不好吗?”

“为什么?”我问她，我就知道她心里藏着事儿，要不然不会喝这么多酒。

“昨天我的初恋男友王博打电话来，他说他要结婚了，那个女人是上海人，在深圳有一家公司，他在她的公司当经理。”楠楠说着摇了摇头，带着一抹辛酸的微笑，“我就知道他靠不住。”

“你也别太难过了。”我劝她说。

“我算是看明白了，男人啊，爱情啊，那是扯淡!”楠楠忍不住地流下了泪水，梦伊抽出一张纸巾擦了擦楠楠脸上的眼泪，顺势把楠楠抱在怀里。

“别太难过了，以后会找到更好的。既然爱过，那就祝福他吧，我也曾经爱过，人生就是这样。”梦伊像个大姐姐似的劝楠楠。

我突然想起一首诗，那是很多年前马小石写的：谁在北风吹来的地方，寻找那张天真的笑脸，谁能留住青春的脚步，当沧桑的灰尘遗忘了那片蓝天，你是否还记得，最初的瞬间，那年，那天，那个人……

我和楠楠从梦伊的酒吧出来时已经是夜了，北京的夜晚华灯闪耀，笙歌悠扬，滚滚人流中一对对甜蜜的情侣依偎前行，我回头看了一眼楠楠，然后挥了挥手，叫了一辆出租车。

楠楠躺在出租车上睡着了，我望着她，我知道，虽然她外表很坚强，其实在她的内心深处，深深地爱着那个人，舍不得放弃。

第二章>>

chapter two

疯狂的青春

玉龙雪山的雪是纳西人的精神皈依之所，那里把纳西人的神思引向悠远的天国，在圣洁的玉龙山上，有一个遍地开满鲜花、没有痛苦忧愁的地方，那是爱神“游主”居住的地方。在那里，可以抚摸轻柔的阳光。在那里，你可以看到幸福的模样。在那里，爱情不会苍老，爱情不会别离，有情人可以永远吮吸爱情之蜜，永远没有忧伤……

【1】

这几天北京非常热，我像条狗似的伸着舌头，在家里各个房间来回乱窜。我问我妈，修空调的人什么时候来啊，我妈说快来了，也就这两天，我当时站在客厅里犹如五雷轰顶，脑袋里稀里哗啦三响，真想抱着空调从我们家窗户扔出去，可惜我抱不动，就算抱动了老太太也不能答应，她宁愿把我扔出去摔个残废，也舍不得扔空调。

我跑回卧室里，撅着屁股翻箱倒柜地寻找去年买的那条白裙子。那条白裙子是我和夏春雨在王府井买的，当时一人买了一条，结果穿上后被我妈一顿臭骂，说我不学好，有辱兰家的门风，差点儿没把我逐出家门，后来听我说花一千多块钱买的，还不能退货，不穿就送人，老太太心疼钱，也就不再说什么了，其实那条裙子也没什么大不了的，就是后面看露半个背，前面看露着大脖子，我准备以暴露的方式解暑。

刚把裙子找到换上，客厅里的电话就响了，我妈接的，就听我妈一个劲地笑，接着对电话那头说，“小石呀，你是不是找飞飞啊！”

我一听是马小石感到好笑，那天被我训了一顿今天还打电话，小子脸皮够厚的啊！

那天下午，马小石乐呵呵地上研究所去找我，说是请我上全聚德吃烤鸭，以报那天假扮女友的救命之恩，顺便再盘点一下我那一屁股外债的金额。不提这事儿心情倒好点儿，一提这事儿我就气不顺，劈头盖脸地把他一顿训，我说马小石你还是不是人了，跟柳梦伊说我深深地爱着你，吹牛也没有你这样吹的，这不是损坏我名誉吗？马小石我可告诉你，这辈子也别想我爱你。

马小石站在办公室的门口没言语，忧伤的脸上一块红一块白的。临走时他特低声下气地对我说，“飞飞，那天晚上我心里特高兴，于是喝多了，在家整整吐了一宿。”

马小石离开研究所后，我也觉得自己做得有些过头，当时屋子里还有好几位同事呢，发火时就图个自己痛快了，没拿他的面子当回事儿，没办法，我就是这么样的一个人，脾气上来时像个火猴。我一直都觉得我做人很失败，人家研究心理学的都能驾驭自己的情绪，就像我们所长那老头，都达到闻情不喜、别离不伤、受宠不惊的程度了，表情总是那样的平静如水，跟兵马俑似的，而我却不行，种种情绪在我脸上尽情地飘来飘去。

我的同事周倩说一看马小石就知道是个老实人，好心好意地请你吃烤鸭，结果被你训了一顿，还一点儿脾气也没有，这样的好男人现在可不多了！我说你要是觉得他好，哪天给你们介绍介绍。

她笑……

我接过我妈的电话，带着能熔化钢铁般的温柔语气，“小石啊，找妹妹我什么事情啊!?”

我说完过了一分多钟马小石在电话那头才吭声，而且声音听着特庄重，“请问，您是兰飞飞吗?”

这话说的，好像我以前是个母老虎似的，也难怪，自从他毒杀我们女性的那天起，好像对他的态度没怎么像今天这样温柔过，这也充分地说明了我是一个宁愿舍友也要维护正义的女性。而马小石更能扯，他知道自己罪孽深重，所以义无反顾地成了基督教徒，跟耶稣硬是拉上了关系，所以每次毒杀女性时，他都要做一翻祷告，而祷告词就是联合国秘书长常对媒体说的那句话，“希望世界和平”。

我说，“你小子想怎么着啊，是不是骂你你才感觉到心里畅快呀，那我可就不客气了啊！”

马小石在电话那头笑得特难听，跟乌鸦叫差不多，“飞飞，我觉得你温柔的时候一定很美！”

我坐在沙发上心里美滋滋的，用心理学的角度分析，人类本性中最深刻的渴求就是受到别人的赞美，没想到我也扛不住听好话，我说，“你少来了，别拿花言巧语蒙人，我可不吃你那套，也不想想咱是干啥的，赶紧说正经事儿，不然挂断了啊。”

“飞飞，其实也没什么事，就是想问问你生不生气了，还有那天我把你欠梦伊和春雨的那点儿钱都还清了。”

“谢谢啊，十分感谢！”

要知道今天有人给我擦屁股，当初多借点钱好了。说真的，我一点都不感觉亏欠马小石的，因为那时候他白花我银子时就特神气，有时候一回想起记忆深处那些难忘的往事，那段随风飘逝的岁月，我都眼泪巴巴的，过去的再也回不来了，时间跑得真快啊！？

马小石说，“我是有钱人，这不算什么，再说了，咱俩不是有很浓厚的感情基础嘛，我还是你妈的半个儿子呢！”

我一下子从沙发上跳了起来，“谁说的？谁说你是我妈的半个儿子啊？”我拿着电话跟他喊，“我可告诉你，别想打入我们家内部，门都没有。”

“不是我说兰飞飞，你这人哪点儿都好，就是爱冲动，哪还像个女人啊？”马小石说着嬉笑了两声，“那话是你妈说的，那天我不是替你妈打麻将赢了嘛，你妈一高兴就把我给安排了，说我是她的半个儿子，还说我比你强多了。”

哎！不是我背地里说，我妈这人绝对是个金钱主义者，估计要在万恶的旧社会，不用多，有人给我妈两块大洋，我就得骑着小毛驴顶着红盖头嫁人。以前我妈上班的时候我爸总是提心吊胆的，因为我妈在单位里管现金，我爸常用马列思想来贯通我妈的大脑，说国家的财产咱不能动，动了就摊事儿，等到政策好了，国家财产随便拿了，咱再下手，只可惜天不随人愿，直到我妈退二线了政策也没好，所以啥啥没捞着。

我说，“你呀，就会哄我妈开心。”

他说，“那是因为阿姨那人性格随和，好哄。”

在电话里又跟马小石闲聊了一会儿，后来有人敲我们家门，撂下电话才发现我妈出去了。

我还以为是修空调的人来了，一开门是李小白，那家伙像逃荒似的，跟张飞一个头型，爆炸式，见我开门蹭地冲了进来，二话没说就往我们家卫生间里奔，接着就听卫生间里一阵撕心裂肺的呕吐声，我当时傻掉了，站在那儿像个木头人，直勾勾地盯着卫生间的门。

李小白顺着卫生间的门缝往外喊，“飞飞，水。”

我缓过神来，甩着小腿蹶哒蹶哒跑到冰箱里拿了瓶矿泉水，又蹶哒蹶哒送进卫生间。

一阵咕嘟咕嘟声过后，李小白又顺着卫生间的门缝往外喊，“飞飞，醋，我要醋。”

我又颠颠地到厨房拿瓶醋送了进去，然后站在卫生间的门口守着。等李小白拎着醋瓶子从卫生间里出来时，我差点儿没掉下眼泪来，人家都说三日不见当刮目相看，我这几日不见他就得把眼珠子抠出来看啊，我爷爷都比他青春！

我问，“小白，你这是怎么了？”

他看着我嘿嘿乐，乐得我一阵心酸。

我把他手中的醋瓶子接过来送进厨房，回来时又从冰箱里给他拿了瓶可乐，他坐在沙发上，点燃一根烟后四处看了看，然后问道，“阿姨呢？”

“我妈出去了，你这是跟谁喝的啊！？”

“我跟小猪喝的。”小猪原名朱毛毛，是李小白大学里最好的哥们儿，也是我的同学。

“你跟小猪喝酒也能喝多，真有个性。”小猪不能喝酒，一瓶啤酒下去就找不到东南西北了，我说着把可乐放在茶几上，然后与他面对面地坐着。

李小白突然间睁大眼睛，一眨不眨地看我脑袋以下的部分，“你看什么呢？”我诧异地低下头，这一看不要紧，我的裙子太暴露了，黑色的胸罩都露了出来，我脸发烧地随手拿起一个沙发垫子抱在怀里。

“嘿嘿……”他一脸阴笑。

我白了他一眼。

李小白问我，“飞飞，你知道什么叫做个性吗?”

他说话就这样，特能拽，上学时我们班的女生都管他叫“大白话先生”。而我从来不管他叫大白话先生，我管他叫小白，因为我最爱看一部动画片《蜡笔小新》，里面小新家有一条可爱的狗叫“小白”，就因为我叫他小白时的意义不一样，他就开始死追求我，其原因就是我嫁给他就相当于嫁给了一条狗。

我说李小白你少来蒙我啊，咱俩属于同门师兄妹，都是学心理学的败类，别跟我扯这套，没用。

他说，“兰飞飞，我在你面前一点个性都没有，这就是我失败的悲哀。”

其实，李小白这些年在我面前属实是低声下气的，这一点我承认，至于说他在我面前一点个性也没有了，那是骗人的鬼话，正所谓“人心如面，性格各异。”这种差异，在心理学上称之为“个性”。所以每一个人都有自己的个性。不过认识李小白这些年，除了被我拒绝的时候，还没看见他像今天这样沮丧过，我忽然发现他脖子上有三道血痕，据我多年对马小石的人身攻击中总结出的宝贵经验，那一定是女人挠的，而那个逍遥法外的凶手，我猜想，就是夏春雨。

我看着李小白突然间扑哧乐了，他那天在电话里还吹牛呢，说他把春雨的内心研究得相当的透彻，春雨这个人绝对是理性的，心里承受能力非常强，即使发怒了也会实行人道主义不会对他下黑手的，充其量就是打他几巴掌出出气顺畅顺畅，这下可好，弄得鲜血淋漓伤痕累累了，看来他也有判断失误的时候啊！

李小白的专业分数在学校的时候是响当当的，特别是“心理测定学”。所以从心理动态的角度来说，春雨在他面前就像是一个可怜的小孩子，一撅屁股人家就能猜测她拉几个粪蛋儿，不过春雨这人也不是什么好糊弄的手，小心眼儿特多，精明着呢！

李小白看我笑，他有点儿晕，“兰飞飞，你笑什么啊?”

我说，“春雨怎么没跟你一起来?”

我这一镖正好打在了李小白的要害，他把烟头恶狠狠地往烟灰缸里一按，特气愤，“别跟我提那个疯娘们儿，心烦着呢。”

“怎么了？春雨那么爱你，知足吧。”

我又连续发镖，看看一个心理医生的承受能力到底有多大，这也算得上是我的职业本能吧。

李小白黯然神伤，欲哭无泪，叹息地讲起了他遭遇不测的悲惨经过。据他形容，当时是夜深人静，睡梦朦胧，一双恶魔似的手，无声无息地伸向他柔软的肌肤，伴随着一声狼似的嚎叫，他翻滚到床下，当他艰难地从地上爬起时，发现自己此时已是遍体鳞伤，血迹斑斑，当他看清那个凶手时，他目瞪口呆，茫然若失，那个深深伤害他的人，就是他的同床女友，漂亮的夏春雨女士。不问原由不知道，一问原由吓他一大跳，悲剧的产生只因为他在梦中说的一句话。在梦中，他对另一个女孩高呼“我爱你”！任由小白同志怎么追问，春雨女士也不愿说出他梦里高呼的那个女孩的真实身份，不说也罢，但小白同志万万没有想到，悲剧才刚刚开始。他们的豪华卧室被春雨女士折腾得天翻地覆，灰尘弥漫，小白同志蹲在一墙角面壁思过，痛改前非，一直到天明此悲剧才算是落下帷幕，虽然落下了帷幕，但彼此都留下了严重的伤害，小白同志是外伤，春雨女士是内伤。

李小白坐在沙发上直勾勾地看着我，看得我心里发毛，“小白，你睡觉说什么梦话呀。再说了，说梦话你倒是说点儿光明正大的呀，偏说搞分裂的话，人家春雨能不挠你吗，让你蹲在墙角面壁思过痛改前非，那是轻的，要是我呀……哼!”

“飞飞，你能不能改改你的臭脾气呀?”他斜了我一眼，“这些年，我一句好话也没听着你的，爱上你那三四年算是倒霉了，你要是再这样，小心你的爱情也无比悲惨……”

他话音刚落，我随手抄起茶几上的那瓶可乐，向他的脑袋飞了过去，“敢用恶劣的话语诅咒我的美好爱情，打死你……”

最完美的悲剧，莫过于在同一个人身上连续发生不幸，而李小白就是那个不幸的人。他的脑门顷刻之间鼓起一个大包，我急忙窜过去给他揉脑门，“你傻呀你，没看见瓶子飞过来吗?”

李小白蔫了吧叽地说，“凭我对你心理多年的测定，可乐瓶子躲过去了，烟灰缸还得飞过来，不报复我你心里不会畅快。在可乐和烟灰缸之间，只有傻子才会选择被烟灰缸砸呢，所以相对来说我这是得到便宜了。”

我心里忽然难受起来，他这些年是被我压迫剥削怕了，其实他说的没错，如果可乐瓶子飞空了，我想烟灰缸也不会无所事事的。从某种角度来说，最了解我的人除了我爸和我妈之外莫过于李小白。

用句马小石的泡妞哲学说：无论你穿多少衣服，站在我面前都是赤裸裸的，因为我已经偷吃了善恶树上的果实，而你，就是我身上的一根肋骨。马小石的这套谬论是他成为基督教徒后自己总结的，就像我面对李小白的时候，也觉得自己是赤裸裸的，因为这些年他把我给彻底看透了。

李小白曾经对我说过他后悔了，后悔没在我喝醉酒的时候，像个禽兽似的把我给摧毁。凭他对我的了解，他一旦把我给摧毁了，我肯定得哭哭啼啼地让他负责，而负责的结局只有两种：一是我无条件地嫁给他，二是我像个疯子似的扛着十斤炸药跟他俩同归于尽。无论结局如何，不可否认的是，我都跟他在一起了。

我坐在李小白的旁边，笑嘻嘻地问他，“通过你对我多年的心理测定，那结论是什么啊?”

他看着我，表情严肃，然后摇头叹气、惋惜无比，好像我是一个心理不正常的病人，而且还是无可救要的严重类型。他说，“测定的结果就是在你的内心深处有潜在的失常现象，这种失常现象属于暴力性的那一种，咱俩是同门败类，我不说结果你也应该知道吧!”

李小白说完还没个思想准备，一脚让我从沙发上踹下去了，咕咚一声坐在了地板上，“你大爷的，直接骂我变态不就完事儿了吗，跟我俩绕什么弯子啊?”

李小白坐在地板上，眼巴巴地看着我，然后呵呵地乐上了，“兰飞飞，你看看我没说错吧，你就属于暴力变态的那一种……”

“赶紧走啊，回家给春雨蹲墙角去，别在这耍酒疯。”我没好气，刚才那一脚耗去我一大半的体能，他这半年来像吃了猪饲料似的，噌噌地猛长，以前他可不这样，瘦得跟萝卜干似的，七级大风他准保没影，在天上飞呢。

我从冰箱里拿出一瓶水，咕嘟咕嘟猛喝了几口，李小白叼着烟坐在地板上，耍赖不起来，像个小丑演杂技，说一些心理学上的污秽词语，对我人身攻击，说我穿的衣服太少有暴露癖迹象，说我缺乏荷尔蒙对男人不感兴趣，有同性恋嫌疑，后来看我没理睬他，居然说我有恋父反母的倾向，典型的伊利克特拉情结。哼，就是不理他，看他还能说出什么来。后来看我优哉悠哉地喝着矿泉水，没拿他当回事，自己也就知趣地拍了拍屁股站了起来，回到沙发上低头坐着去了。

我突然间挺同情他的，昨天晚上被春雨挠成那副德行，今天跑到这来没得到安慰不说，还让我一顿虐待，也叫个可怜。

我这人脾气上来的快，热心肠上来的也快。不管怎么着李小白为我也把三年多的大好时光给祸害了，我也应该多少给他点精神上的补偿不是，说句掏心窝子的话，我觉得我挺对不住他的，欠他的，欠他的情。

我说好话，安慰他，“小白，其实你这人挺好的，比马小石那臭小子强多了，他就知道沉沦，春雨也是的，怎么能像美国欺负伊拉克似的那样欺负你呢，等哪天有时间了，我一定批评教育她，让她再度给你温柔的待遇。”

李小白坐在沙发上，眨眨眼睛，“飞飞，你还记得我们几个人去丽江古城那次吗？”

“记得啊。”那是大二那年的一个暑假，我和小白、小猪还有几个不错的同学一起去云南的丽江古城玩。那时候，丽江在我们心中是个很神秘的地方，古老的建筑，神秘的纳西族，致死不渝的爱情，茶马古道，还有终年云雾缭绕的玉龙雪山。进入丽江，就像进入了一个梦境。

“那是爱情的天堂，当我和你一起站在拉市海的夕阳下，我在心里暗暗地许下了爱情誓言，我还把我的一样东西埋在了我们站在的那个地方。”李小白缓缓地说着。

“小白，你在那里埋的什么东西啊？我怎么不知道？”我问他，我记得我当时是和他一起站在拉市海边上看夕阳来着，不过我当时只顾着看夕阳了，那么好的美景谁还顾得上看他啊？要看他的话，在学校里天天看，也不至于大老远地跑到拉市海去看啊。

“我永远也不会告诉你。”

“喊，你爱说不说，我还不想知道呢。”我装做无所谓，其实心里非常想知道，那个傻子在那里留下了什么，像这种事情也只有他能做得出来。

李小白默不作声了，最后语气特低落沮丧地说，“我这辈子算是欠你的，在你面前我没得着过好，不是打就是骂，唉……爱情这东西，太折磨人了！”

李小白狠狠地吸了一口烟，接着吐出几个烟圈，脸上的表情犹如深深的秋季，空落茫然，他说，“我真想永远生活在那个地方，就像玉龙雪山上的雪。”

玉龙雪山的雪是纳西人的精神皈依之所，那里把纳西人的神思引向悠远的天国。在圣洁的玉龙山上，有一个遍地开满鲜花、没有痛苦忧愁的地方，那是爱神“游主”居住的地方。在那里，可以抚摸轻柔的阳光。在那里，你可以看到幸福的模样。在那里，爱情不会苍老，爱情不会别离，有情人可以永远吮吸爱情之蜜，永远没有忧伤。

我看着李小白忧郁的眼神，突然间内心深处有一种莫名的冲动，就感觉鼻子一酸……

当有一滴东西从我的眼睛里流出时，我才知道，那是落泪的冲动，这些年，我好像没怎么哭过。

2

最近，我一直忙于工作上的事儿，大小调查报告十来篇，弄得晕头转向神魂颠倒，吃饭都没胃口。有时候，我都觉得做人太累了，还不如做个宠物狗呢，吃喝拉撒睡都有人管，还有人带你大街小巷的四处转悠，主人心肝宝贝地叫着，那生活多好啊！

我一直把自己列入小女人的队伍，没有太大的追求，有人疼，有人爱，有人给花不完的银子就行。那些让人忧愁让人烦恼的事情，离我越远越好，每天都过着飘飘欲仙的日子，周倩说我是琼瑶大婶的小说看多了，才会有这种春花秋月的想法，还是醒醒吧，报告交不上去，这个月就别想拿奖金做皮肤保养了。

我心想，她懂个屁春花秋月啊，别拿奖金吓唬我，我心里可有数，就我这张细腻的脸蛋儿，不是吹，就算一年不做皮肤保养，跟她的脸一比，都是俊俏小佳人儿的形象。要不然每次和周倩站在一起时，我也不会那么精神抖擞自信十足了，这也是我为什么喜欢经常和她站在一起的原因，呵呵！

以前，李小白在研究所时，曾用四个字来形容周倩那张可爱的脸，“地球表面”，对于这种形容，我持反对意见。太糟践人了，什么地球表面啊，充其量是“沙漠地带”，虽然缺乏弹性，但明媚的阳光一照射，还是闪闪发亮有光泽的，挺好的！

我们的工作除了写调查报告外，大部分时间都是深入群众体察心灵，问一些不着边际阿里不达的东西。前几天，我去健美中心问了几个未成家的年轻女性，问她们是怎样看待处女问题的，结果她们回答我说：处女时代，如同北京的故宫那样古老，这年头谁还拿处女当回事儿啊！除了第一次比较疼痛外，跟最后一次是没有什么实质性的区别的。于是，我写了一篇心理论文，在生活报上刊登了，题目为《今天，处女是否还重要？》

刊登的第二天，李小白的电话打了过来。他说，兰飞飞你写的是什么啊，本来挺好的一个女孩，怎么实习成这个样子了？我就知道，在所长那老头的带领下，你们这些无知女性一定会堕落，还是上我诊所实习来吧，我这儿正缺人手呢！

其实，李小白那天上我家来是拉我下水的，他说让我离开研究所上他心理诊所去。别人都说开心理诊所赚钱多，一开始我还保持怀疑的态度，结果李小白说一个月给我开七千块还不算奖金，我当时激动得差点儿没抽他一个大嘴巴，这个吸血鬼，弃医生的天使名誉而不顾，在我们这些劳苦大众身上榨取钱财，说不上哪一天就得把他弄上电视台说道说道，曝光他。

李小白说，通过他当心理医生这么长时间总结出的宝贵经验，干我们这行的，说好听点是心理医生；说不好听点，就是拿嘴巴赚钱的。他说，心里有病的人一般都是心理上有一个自我打不开的结，心灵走进了一个误区，在内心深处有一个无法抹去的阴影缠绕着，想治好病，就得走进病人心里的一个中心点，然后把病人从心理困惑的领域里带出来，语言交流是最好的良药。

虽然我也是学心理学的，但我一直觉得李小白干的是骗人的勾当，可事实证明，真就有一些心理存在问题的人被他给糊弄好了。我就想不通，这是什么时代啊，心理怎么有病呢!?

其实，李小白的宏伟蓝图是两年之内把心理诊所这个行业在北京彻底垄断，建立一个“小白心理诊所集团”。然后，在扛着欺骗的大旗，从首都向全国各个城市进军。说句心里话，我一直觉得李小白富有超人的想象力，如果他要是当个作家，肯定会拿一个诺贝尔文学奖什么的。

李小白虽说是学心理学的，但他在文学方面也不错，他爸是个古文物专家，由于总跟历史的灰尘打交道，所以天长日久他的思想也就蒙上了一层灰尘，如同埋藏地下多年的古文物。从小就拿《老子》、《孟子》、《墨子》、《庄子》、《荀子》、《韩非子》、《公孙龙子》外加“孔子”的思想意识来浇灌自己的儿子，希望小白以后能成为“文学才子”。李小白也不失所望，对文学的领悟达到了一种特殊的境界，只要见到“子”字，他定会呕吐不止，李父心想儿子这是中毒了，他怕自己的儿子中毒太深，特意找来四大名著让他仔细读之。其目的是想以毒攻毒，没想到此效果尚佳，特别是看了《红楼梦》之后，脱胎换骨，精神焕发，完全变了另外一个人。李小白的父亲一看此状况，当时就意识到了他的望子成才之梦，面临着破碎的危机，虽然儿子旧毒已去，但新毒又发，又中毒了，贪恋女色。李父为了再次解毒，翻遍大量书籍，不过这次要小心从事，在给儿子看之前，自己必先开卷读之，可见父子情深，甘愿为儿子以身试毒。《孙子兵法》不好，此书阴谋诡计太多，儿子看完定会成为奸人。《曾国藩家书》不好，他不喜欢曾文正公的“自概”之论，“斗斛满则人概之，人满则天概之。余谓天之概无形，仍假人手概之。霍氏盈满，魏相概之，宣帝概之；……吾家方丰盈之际，不待天之来概，人之来概，吾与诸弟当设法先自概之。”概来概去自己把自己概了，不好。《诗经》不好，虽说富有艺术感染力，但《诗经》的首篇就是《关雎》，“关关雎鸠，在河之洲。窈窕淑女，君子好逑。参差荇菜，左右流之；窈窕淑女，寤寐求之。求之不得，寤寐思服；悠哉悠哉，辗转反侧……”他想儿子现在正在排毒阶段，不能再碰触女人，自古红颜多祸水，淑女也不行。

李父想，看来中医是行不通了，有病乱投医，再看看西医吧。放眼这一望还是不乐观，欧洲的众多名著一一下马，但丁的《神曲》里地狱、炼狱、天堂什么的都有，而且于高兰在地狱里还用嘴咬死人，此书不好，人狗不分。哥德的《浮士德》意境凄清，感慨深沉，浮士德到死才对人生有所领悟，太过愚昧。至于《复活》、《死魂灵》、《驴皮记》、《红与黑》、《符咒》之类的书都不用看，单听名字就不过关，让人压抑，最后，无奈之下把《圣经》搬了出来，以为上帝能多少点化一二，结果上帝只管救苦救难不管这事儿。李父不得不面对现实，承认此毒乃是一级绝症，无书可医，悔恨自己不应该让儿子看阴盛阳衰的《红楼梦》。多年后李小白确定专读心理学时，李父才算是松了一口窝在心里的闷气，因为儿子终于自我解毒了，没有一直沉迷于女色，搞什么红学研究。

下午从研究所出来，我打车去了夏春雨和李小白她们家，没别的，就是想批评批评教育教育，让他们俩搞好安定团结，共创美好家园，以最佳的精神面貌为祖国培育下一代，最起码我也算是半个红娘，也不能看着人家搞内战不管啊。

我带着一腔热血，高呼和平的口号，死敲春雨她们家的防盗门，结果不仅春雨她们家门打开了，就连她家对门的门也被我给敲开了。从里面冲出一老头，阴沉着脸，浑身乱颤，俩眼珠看我直往外喷火，我当时挺纳闷儿的，你个小老头嘿，干嘛给我脸色看啊？我招你惹你了，小样吧。

正准备跟小老头俩叫板呢，忽然发现他手指头红红的，一滴一滴地往外淌血，我顿时就明白了，那老头一定是拿刀切东西来着，被我这一阵敲门，激动得把手给切了，怪只怪我的革命热情太强烈了，让无辜群众也跟着“热血沸腾”。

我刚想对老头表示由衷的歉意，说这事儿是误伤，我负有不可推卸的间接责任，请老人家见谅，赶紧进行处理，要不然血流干了就不好了，这话还没等说呢，春雨一把把我拽屋里去了，随后咣当一声，把门关上了。

我有点糊涂，“春雨，你这是干什么啊，没看见那老头的手在流血吗，我怎么着也得像人家表示表示歉意啊。”

我说完要往外走，春雨穿着性感的花纹睡衣，几下把我推到沙发上坐着去了，这妮子劲头可真大，推我这80多斤的庞大身躯，跟玩似的。

“飞飞，你可别招惹那老头，他可是个话匣子，我估计你一搭腔，不到他血流过多昏过去，你是进不来了。”

春雨说完从茶几底下拿上来一盘水果放在桌面上，然后往沙发上一靠，头发乱得像鸡窝，我猜她是睡觉来着，我说，“那老头有你说的那么可怕吗?”

“你是没领教过啊!”春雨脸上的表情特激动，激动得就像看中国足球，欲哭无泪，“那天中午我出去倒垃圾，正好看见他在楼底下遛鸟，我合计着住对门这么长时间，出来进去的见面也没说过话，打声招呼吧。我说，这鸟真好看，得，就这么一句话，他就开始跟我说个没完没了，把他七十多年的人生经历从头到尾叨咕了一遍。我这垃圾整整倒了一下午，最后含着眼泪上的楼，现在看见那老头，我身上还刷刷地起鸡皮疙瘩，没见过那么恐怖的!”

春雨说完我从心里往外佩服她，真有抵抗力啊，要放在我身上，别说是一下午，听他叨咕一个钟头，我就得上医院打氧气去。

跟春雨闲聊了一会儿，我把话题转到她和李小白身上去了，时刻没忘肩挑着维护和平的重任，我说你和小白是不是闹矛盾呢?

春雨听我问这话，扑哧笑了，这半年来她胖了不少，一笑脸上净肥肉，吓死人!

春雨以前是个模特，模特的特点就是身材完美，所以春雨以前的身材是相当过得去的，175公分的个头不管站在哪儿都是活脱脱的一根电线杆子，每次跟她在一起，我都得仰望着人家。我这人无论什么事儿都气不公，比如说，看见别人比我穿的好，我就想人家一定是开服装厂的，要不然她才不会比我穿的好；看见别人比我有钱，我就会想她的钱一定不是正当来的，要不然人人平等我跟人家怎么就不平等呢？就像以前我看见春雨的身材好，就经常想，她有一天一定会变得很胖，自从半年前春雨认识了李小白之后，她的身材就越来越胖，以至于从一个职业的模特混成了现在的候补选手，这多少也有我的功劳。每次她问我是不是有点儿胖了，我都会说你好像又瘦了，就是现在她问我，我都会昧着良心说，她的身材非常完美，让人叹为观止，而我心里却高兴得哈哈大笑，她终于胖了呀！

春雨揉了揉眼睛，“飞飞，你这是听谁说的，我和小白恩爱着呢！”

我像恺撒似的挥舞着手臂，滔滔不绝地说着，“你得了吧你，还敢欺骗组织，那天小白上我那去了，把你虐待他让他蹲墙角的事儿，一五一十的都像组织汇报了，我多少也算是你们的半个红娘，能不管管吗！?”

春雨脸上带着蒙娜丽莎似的微笑，“既然你想管，那就管到底吧！”

听她说这话，当时就来了兴致，随手抄起茶几上的一个大红苹果，“喀嚓”一口，准备补充点儿能量，吃完了好装把大爷，对春雨狠狠地批评教育一翻，结果苹果还没吃完，她又扔出一句话来，这句话说完我一下子没电了，刚才在路上酝酿的那些词语也都过期作废了。

她说，“我跟李小白要结婚了，你当我的伴娘吧！”

我坐在沙发上，半天没吭声，突然间不知道该说些什么了，脑子里空空如也，我想是因为我听到这个消息太高兴了，激动的。

春雨问我：“你发什么呆，是不是当伴娘你不愿意啊！?”

我说，“什么不愿意啊，这好差事儿你要是不让妹妹干，肯定跟你急，不过我可有个条件。”

“你怎么和沈楠楠似的啊，事儿还没办呢，条件先出来了，说吧，我尽量满足。”

我开玩笑说，“伴郎不帅我可不干。”

她说，“你放心吧，伴郎是我替你量身定做的，你俩要是站在一起，比我和李小白还般配呢。”

我问春雨，“伴郎是谁?”

春雨神秘兮兮的，死活也不说那小子的姓名，“现在不告诉你，不过你们认识。”

“哦？那是谁呢？”我想不出在我认识的人中有谁能够胜任伴郎的角色。

李小白挟个皮包从诊所回来时，正赶上我起身走。春雨说小白你开车送飞飞回去吧，我说不用了，打车走就行，您俩好几个小时没见着了，怎么着也得亲热亲热啊，别虚度光阴哪！

春雨在后面笑嘻嘻地掐了我一把，疼得我一激灵，李小白站在那像块木头，脸红红的，我发现他今天特别的可爱，就像蜡笔小新家的那条狗，“小白”。

离开春雨她们家时，已是黄昏。夕阳的光辉红彤彤的，透过车窗，照在我的脸上，泛起一阵忧伤，接着眼前波光闪闪，我哭了。司机师傅诧异地看着我，我冲他笑笑，我觉得自己挺可笑的，我为什么要哭啊，人家要结婚了我哭什么呀，应该高兴才对，我还是红娘呢，这回又当上了伴娘，多神勇啊，以后再也没人缠着我了，清净，清净多了。

我望着车窗外，平时那些熟悉得让我恶心的建筑物，今天看着仿佛都挺生动的。一个老外背着大包站在路边，左右的晃着脑袋看，像做贼似的，时不时地还用手弄一下卷毛头型，我猜他是等人呢，等同伙。

快到丰盛胡同的时候，我告诉司机师傅车掉头，不回家了，直接把我送到地中海酒吧去。

那位司机师傅一听特高兴，笑的时候露出一排小虎牙，难看极了。

3

进了酒吧，那种灯红酒绿的氛围迎面扑来，虽然没喝酒但也觉得自己飘飘欲仙。梦伊正跟一个40左右岁的男人说话呢！那个男人我认识，他叫张建，是做药品代理的，这几年赶上了好时候，是个几千万的富翁。张建人很好，见谁都是笑嘻嘻的，对梦伊更是一往情深，一直在追求梦伊，但梦伊一直没有答应他的追求，因为张建结过婚，虽然后来离异了，现在是单身，但梦伊却无法接受。我知道，梦伊出生在四川一个朴实又保守的农民家庭里，在她的思想观念中结婚是神圣的，结婚后再离婚，她是无法接受的，所以她一直对张建有过婚史的事情无法释怀。

我一直认为梦伊是所有女人的典范，无论面对工作，面对生活，面对金钱，她都是一个很讲原则的人，所以，我有什么心里话，有什么不愉快的事情，都愿意跟她说。

梦伊经常说一句话：爱情是一种等待。这话要是仔细琢磨琢磨，还真是有一定的道理。

我笑嘻嘻地跑过去跟人家打招呼，“张哥，好久没见了，最近忙吗?”

“最近不忙，飞飞，你好像瘦了啊，是不是研究所的工作很累?”张哥冲我笑着说，人特别随和。

“瘦了吗？我怎么不觉得呢？”我用手摸着脸，好像是瘦了点啊。

梦伊站在吧台里拿着西瓜刀做着水果拼盘，看着我笑笑。

我跟张建有一句没一句地闲聊着，梦伊做完水果拼盘后，端着给一桌客人送去了，走过身边时我伸手在水果盘偷了一个葡萄粒扔进嘴里。

梦伊笑着斜了我一眼，我吐了吐舌头转身进了吧台里。

张建望着梦伊的背影，“她是一个好女人。”

“嗯，自己开了一家这么大的店！”我说。

张建转过头，“几年前认识她的时候，她还是一个推销员，去我公司推销学习机。”

“嗯。”我点点头，我也是那个时候认识的梦伊。记得那时候梦伊每天都是风里来雨里去的，有时候一天也赚不到饭钱。

张建继续说着，“当时我看见她，不知道为什么，心里特别的难受，那么热的天，她一个女孩子家背着那么大的一个包穿梭在人群中，真的不容易。”

“嗯。”在北京这个大都市中，有很多像梦伊这样追求梦想的人。不认识任何人，靠的是自己的坚持和努力。

张建苦涩地笑笑，“我不会放弃的。”

我呵呵笑，“你们俩都是成功人士。”

“以前不懂，总认为拥有更多的钱才能够幸福，自从遇见梦伊后，我才懂得，幸福和金钱没多大关系。”张建有所感悟地说。

又闲谈了几句后，张建接了一个电话走了。我和梦伊坐在吧台里的高椅上。

“李小白要结婚了。”我跟梦伊说。

“心里不舒服了，对吗？”梦伊拿起吧台一角的抹布擦着台面。

“不知道为什么，感觉怪怪的。”我看着眼前吧台上的那只漂亮的高脚杯。

“问问自己的内心，是否爱着李小白，如果是那就去争取，如果不是，那就祝福他。”梦伊顿了顿，“你是学心理学的。”

“去趟卫生间。”

我说完转身去了卫生间，梦伊拍了拍我的肩膀，“想开点。”

在卫生间里，对着镜子看了看自己，想开点吧兰飞飞，你是伴娘，漂亮的伴娘，祝福他们！祝福自己！祝福我身边的每一个人。对着镜子微笑。

走出卫生间的时候，我一眼看见了马小石和陈水灵，他们坐在靠墙角的那张桌子上喝酒呢，我跟梦伊招呼都没打，蹭地一下窜了过去。

“飞飞你上哪儿去啊?”梦伊在后面喊。

“跟小石喝酒去，不耽误你赚钱了。”

马小石看见我眉开眼笑地搂着陈水灵的肩膀，“这就是我经常跟你提起的陈水灵，怎么样，漂亮吧!”

我顿时觉得脑供血不足，这个世界到底是怎么了，怎么到处充满欺骗的嘴脸呢!?

我想起在上大学的时候李小白写过的一篇文章，题目为《黑夜——欲望之手》，里面有一句是这样写的：欲望的人们在黑夜里行走，请不要相信泪滴下的温柔，那是灵魂与罪恶在上帝面前做的交易……

后来李小白被文科那个胖得跟猪似的女导师一顿狠狠地批评教育，说他写的东西是臭狗屎，是污染空气的垃圾，我有你这样的学生，简直是“心痛兮，如被刀割，泪俱下，滚滚而来”。就因为这事儿李小白对那个文科女导师耿耿于怀，说她长着猪似的肥膘，带着狐狸的风骚，胸脯扁的像豆沙包，还在那儿穷装纯情的小羊羔。

往事如流水，一转眼大学的日子已如梦灭烟飞，不过如今回想起来还是津津乐道，那天跟李小白提起大学时的荒诞生活，李小白还念念不忘那个文科导师膘肥体壮的迷人形象，说是后悔上学时没给她介绍个对象。

喝了多少不记得了，朦胧中我只记得马小石背着我往外走，然后我就觉得一阵恶心，从嘴里喷出一堆使人恶心的东西，紧接着就听见马小石一声惨叫，把我扔在了大道上，我屁股被一个硬磅磅的东西咯了一下，生疼，估计是一砖头。

我骂北京环保没做好，马小石骂我是疯女人，我看见他白色的衣服特别脏，头发也脏，我哭了，我哭马小石不讲究卫生。他看着我笑了，笑得像个孩子，他把衣服脱下来扔给我，然后光着膀子背着我向对面的停车场走去。

我拿着马小石的白衣服紧擦鼻涕，我心里琢磨着，这八千多块钱的迪卡尔衣服，擦鼻涕的感觉也不怎么样嘛，还没有纸巾舒服呢。马小石自从有了钱后，他的每件衣服都贵得特别离谱，有时候他发感慨说，他曾经一无所有，没有金钱，没有地位，不过那时他过得却是无忧无滤，如今什么都有了，却又觉得生活很空虚。

呼…… 一阵小风吹过来，我有点儿精神，在马小石的背上开始嘚啵，我说，"小石呀，你这是第几次背我了？"

他在嘴里念叨念叨，跟念经似的，"次数太多，我也不记得了，好像……"

我拿手拍了一下他的脑袋，头发湿乎乎的，刚才我吐的，我说，"算这次你是第六次背我了，第一次你背我上长城，那年我十五；第二次你背我上我家楼，那年我十五；第三次你背我上香山，那年我十五；第四次你背我过建国门桥，那年我十五……"

我说着说着有点儿纳闷，喝成这样了还记得这么清楚呢，真邪门了！

"最后一次你背我上医院，那年我……"

我又哭了，我发现我不但记性好了，还爱哭了。最后一次马小石背我上阜外医院，是因为我发高烧。那年我十六，马小石比我大三岁，他十九，也就是那年我喜欢上的他，也就是那年他没再背过我了，因为那年他认识了吴雪停。记得那年是我一个人过的圣诞节，之前都是我们两个人一起过的，记得那年冬天的圣诞节，北京的雪好大，我流着泪在雪中走了很久，我想，我这辈子也忘不了那场雪，那场雪中的我是何等的凄凉。

十年，像做梦一样，糊里糊涂地过去了。一想到他背我走过的那些岁月，心里空落落的，那时候的我和马小石多纯情啊！纯情得就像纯净水似的，不像现在，一切都变了，变得不像从前。

我说了半天，最后不吭声了，马小石也没言语，背到他的宝马车上要把我放下来时，我死活也不干，就让他背我回家，要不然就把我给摔死。马小石气得原地转圈，骂我是无赖，嘿嘿，拿我没辙。

我问马小石，“你背我就不怕你的小情人陈水灵看见吗？”

“她看见又能怎么样？你喝多了。”

说曹操，曹操就到。这句话是谁发明的？还真灵验。

不知道什么时候，陈水灵从马路对面跑了过来，其实她今天也没少喝，不过除了尿频外，没见她有什么反应。

我还在马小石的背上呢，陈水灵发怒了，手指着马小石，像个泼妇，“你把她放下，送我回家。”

“放什么放，没看见她喝多了吗？”马小石说这话时底气明显不足，我断定他没吃饭，饿的。

“马小石，你自己看着办，要是不放晚上就别来找我。”陈水灵说完看了我一眼，充满敌意，然后掉头又跑回了酒吧。

“你以为你是谁啊。”人家跑没影了马小石这句话才从嗓子眼儿里挤出来。

我蹭地一下从他的背上跳了下来，没站稳，咣当一声屁股撞到了宝马车，我心疼，不是心疼车，而是心疼我的屁股。马小石过来扶我，被我一把推开了，衣服也随手扔了过去，他望着我，神情黯然。

我说，“小石你送陈水灵回家吧，她生气了，我自己走回去就行，没事儿的，你不用管我。”

我晃晃悠悠地顺着人行道往前走，马小石在后面扯着嗓子喊，“飞飞，你等等，我开车送你回去，这是朝阳区，你家在西城区呢，你走的方向不对。”

我没答理他，大不了我绕弯走，条条小道通我家，你管我咋走呢？

我越走越觉得自己了不起，因为我不走直线，左右地晃悠，大街上的行人谁有我这本事啊，螃蟹才横着走呢，而且今天还出息了，酒喝多没打人，就是造点儿污染，我心里暗想这也不算事儿，北京这么大，我吐一两口照样干净，照样是首都。我抬头，漫天星斗，闪闪发亮，远处传来甜美的歌声：昨天我们一起牵手欢笑，你说沧海，我说桑田，没有人知道长大后的改变，时光都走远，岁月变换了青春的脸，你忘记沧海，我忘记桑田，谁还记得昨天，记得我们的从前，记得那张幼稚的笑脸……

我听着听着，突然间感觉到有种忧伤，我想，现在的兰飞飞和马小石，就像歌中唱的那样，再也找不到曾经的那种快乐，那种叫做单纯的东西了，因为岁月变换了我们青春的脸。

我走到路的尽头，回过头望去，看见马小石开着车追了过来，脑袋探出车窗，冲我鬼哭狼嚎似的叫唤，“小姑奶奶，我求求你了，赶紧上车吧！”

我心里挺高兴的，他没把我丢下不管，还管我叫姑奶奶呢，不过一合计还是没答理他，低着头拐弯往前奔。我妈说过女人要学会矜持，要不然在男人的眼里就不值钱，所以，以前我妈在我爸的眼里很值钱。不过现在好像有点贬值，不过我妈并不在意贬值的问题，我妈说女人在男人的眼里涨跌是有阶段性的，好比一支股票，年轻的时候，你就是一支潜力股，在男人的眼中不断的飚升，而他也会投入血本；结婚以后，你这支潜力股就会出现下滑的态势，有的甚至狂跌，这时男人就会考虑转让出手的问题，有的转让及时就离婚了，有的转让不及时就只能一辈子被套牢，而我爸属于后者，比较悲惨，没及时转让，所以血本无归，只能一辈子被我妈套牢了。

马小石看我拿他说的话当耳旁风，随口嘟囔一句，“犟驴，倔得吓人！”然后一脚油门，车子从我身边飞了过去，顿时心灰意冷，完了，人家这回真的走了，要知道我就不矜持了，老太太说话净骗人，我这支股票没涨就贬值了！

我正发堵呢，结果马小石在我前面的路边把车停下了，他从车里钻出来，光着膀子，嘴里叼着烟，身靠在车的后备箱上，看着我，像个地痞流氓。

我走过去，和他面对面的站着，他看着我摇摇头笑笑，笑得特别灿烂，我心里一阵喜悦，看来我还是支潜力股！

我说，“你怎么没走啊，不怕陈水灵收拾你吗？”他说，“我是想告诉你一声，这八千多块钱的衣服你不是吐就是擦鼻涕，你得赔我，赔我新的。”

我差点儿原地昏倒，我这是一支什么股啊？这回没涨不算，弄不好还得往里搭。

我一激动，屁股像针扎的一样疼，眼泪差点儿没流下来，琢磨着肯定是马小石刚才把我扔在大道上，被那块该死的砖头给搁得，留下了后遗症。真缺德，拿人不当人，那么老高说把我扔下来就扔下来，死人也得摔活了啊，还是个诗人呢，一点儿都不懂得怜香惜玉。

我想着想着火气上来了，也不管自己是什么股了，冲过去冲着宝马车的后备箱就是一脚，那小子爱车如命，不惜自己身上那堆多年积攒的脂肪，奋不顾身地趴在后备箱上，“兰飞飞，你要踹就踹我吧，别踹我的车，一百来万呢，衣服我不让你赔了……”

我看着他撅着大屁股趴在车后备箱上，眼巴巴地盯着我，感到特滑稽！

午夜，我在狂笑。

4

鸟粪作家杜寒取经回来了，回来当天在香格里拉大饭店摆了一桌，请这帮朋友吃了一顿。自从杜寒跟鸟粪扯上关系后，在所谓的文化圈内小有臭名，而且生活状况翻天覆地，以前别说请我们上香格里拉吃饭了，就算是上路边摊，他还得算计算计呢，怕钱不够把他留在那刷盘子。现如今混成了文化名人，不过杜寒也自知腹内没有什么墨水，一本《鸟粪奇缘》就已经让他草木枯荣吃不消了，所以上某高校不惜重金苦苦钻研了半年文学，准备在创作的道路上一展拳脚，让自己的臭名更加远扬。

杜寒说过一句话，他说，“鸟粪造就了我的写作才华，所以我要把我的热血青春毫无保留的奉现给文学事业。”

马小石对杜寒一直没什么好感，说他走了鸟屎运，想当年我写诗的时候他还躺在床上当空想家呢，现在像个人似的了。我说你这叫嫉妒，有本事你也写本书啊，他说我哪有那本事啊，鸟粪又没砸在我头上，要是砸在我头上，中国四大名著早改成五大名著了。

我一想也是，鸟粪的威力可真是不小。二战的时候，美国往日本长崎扔的是原子弹，要是扔鸟粪的话，那现在日本道边擦皮鞋的都得是一作家。

一想到马小石，我就忍不住想笑，自从那天他英勇救车被我一顿踹后，就不敢再上我家来了，而且见着我影就跟见着日本军似的，跑得比谁都快。

他跟梦伊说我让他伤心伤到了无法用泪水来衡量的地步，十年的交情被我凶如猛虎般的扁踹，踹回到了十一年前，十一年前我们还不认识，这小子现在是不想认识我了。

以前马小石也跟我决裂过，就是去年圣诞节我酒喝多一时高兴拿啤酒瓶子砸他脑袋那次，事后他也不答理我了，说我不讲究，桌上那么多人偏砸他脑袋，砸谁的不行啊？我说咱俩的关系不是最好吗，砸别人我还能活吗。气得他眼睛直冒金星，跟我俩狂喊，那架势跟疯狗要咬人似的，吓得我当天夜里睡觉都做了噩梦，梦见他领着一群狗咬我。后来我安慰他，不惜给他洗臭袜子的代价要求和解，结果我给男人洗臭袜子的第一次就这样地糟蹋了，想想都叫屈！

记得当时马小石脑袋缠着纱布坐在他们家沙发上和我开玩笑，他说飞飞，你这些年就没爱过我吗，是不是因为你爱上我才拒绝李小白的啊！？我说你别把自己当个宝儿，上帝安排你认识我已经是恩赐了，还想让我爱上你，净想美事儿。他说上帝是偏心的，当上帝对你好的时候，就会用另一个人的快乐换走你的痛苦，而他自己就是上帝的宠儿。我说你要是上帝的宠儿，那当年吴雪停就不会弃你留学去了，这话说完他不吭声了，一脸忧伤，我也没再说话，低着头给他洗袜子，估计那双袜子快要被我洗烂了。

要说起吴雪停我一肚子的气，马小石没少拿我钱往她身上搭，马小石的父母都是首钢的工人，他们一直认为马小石写诗是不务正业，所以在经济上对他控制，可以说是完全冻结。那小子知道我经济富裕（那时候我还在上学，所谓的经济富裕，都是父母给的个人生活费）。他一没钱就打我主意，跟个狐狸似的净对我说好话，中文里所有动听的词汇，在我身上他一一用过。说我漂亮得到了无法形容的地步，笑起来宛如雨后的彩虹，就连生气时都散发着迷人色彩。那时候我比较单纯，对自己的漂亮程度认识还不够，也没有做市场调查，再加上我对人家也有点暧昧之心，所以也就相信了他的鬼话。只要他伸手，我的生活费就哗哗地往他那儿跑，变成他的吃喝玩乐费了。

记得那年过情人节，马小石把我兜里仅有的五百多块钱花言巧语地骗走了，我原本是想找家酒吧消遣的，结果在长安街闲逛了几个小时。第二天，我去马小石家溜达时吴雪停也在，她跟我说马小石对她可好了，省吃俭用地攒了五百多块钱给她买了件羊毛衣，可见爱她爱得有多深，羊毛衣代表他的心。当时我听了眼泪噼里啪啦地往地上掉，骂马小石不是人，趁他不注意抓住他的胳膊狠狠地咬了一口，我发现他的血也是红的。吴雪停不愧是个医生，说话的确有医生的水平，让马小石赶紧打狂犬疫苗，说是得疯狗病就不好治了。

那次，是我在马小石面前哭得最伤心的一次，现在回想起来，还会有隐约的伤痛，有时候一想想我都觉得自己特傻。

我躺在床上正回忆着和马小石这些年哭哭笑笑的时光呢，我妈风风火火地冲了进来，以大欺小，跟我发威！

“小东西，还躺在床上看书呢，赶紧起床。”

我刚才是躺在床上看书来着，看着看着记忆就跑到马小石那儿去了，往事像不可阻挡的洪水，在心中无声流淌。说句心里话，这些年在我嘴中经常说出的三个字就是“马小石”，好像在我身边发生的什么事情都与他有关，好事儿坏事儿都能找到他，那厮绝对是一瘟神。

我妈又唠叨上了，“你看看你，心大把肺给丢了，这年头都想着如何赚钱，谁还一天到晚地看小说啊，能当饭吃吗？”

这话我坚决抗议，都什么时代了，谁还没有点儿追求啊！？

我妈让我穿衣服好好打扮打扮，说是在红枫叶咖啡屋给我定了一个约会，下午两点准时到。

我有点儿糊涂，问我妈，“什么约会啊，我怎么不知道？”

“是你孟阿姨给你介绍的一个男朋友。”

我差点儿没趴在地板上喘气，脑袋里嗡嗡响，说时尚点儿叫约会，在过去不就是相亲吗，这都什么年月了，还想用这种老掉牙的方式把我光荣地处理掉，真弄不明白，挺好个老太太，怎么就不干点儿好事儿呢？“我可不去，丢死人了，要去你去！”

我又回到床上，把大被往脸上一蒙，装木乃伊。

“这孩子怎么说话呢这是，这么大岁数我去算什么啊，赶紧起来……”

我妈掀我被窝，掀我被窝也不去，我妈打我屁股，打我屁股也不去，就是不去，嘿，有能耐你掐死我啊，反正是你辛辛苦苦养大的，大不了再重生我一回。后来老太太看拿我也没什么辙，开始苦口婆心地说软话，做我的思想工作，说她这也是没办法啊，你孟阿姨好心好意地给你介绍对象，我怎么好意思拒绝啊，你到那见个面就行，应付一下场面，大家伙的面子都过得去。

那个孟阿姨是我妈的老战友（战友：就是总在一起打麻将的伙伴），那老太太为了打麻将能赢钱，就多做善事当红娘，不过成功率极低。据我了解，目前经过她手介绍的孤男寡女，还没有一对牵手走进殿堂的，其原因是水分太大，用句现在人最常说的话，就是“广告与事实不符。”

孟阿姨说那小子叫田奇，刚从英国留学回来，学的是经济，没事儿爱拿笔写一写文章什么的，现在在一家集团企业当市场开发部的经理。孟阿姨跟我妈拍着胸脯说，小奇那孩子绝对没说的，是她们家的一亲戚。

我问我妈是什么亲戚，结果我妈说完我当时晕掉了，孟阿姨的表哥的表姐是田奇她妈的二表姑，这哪是亲戚啊，八杆子都打不着啊，还不如说都是炎黄子孙呢！

[5]

我嘟着嘴，带着一肚子的不情愿出了家门，没办法，为了我妈在孟阿姨面前有个交代，不愿意也得去。走出胡同口时跟那位卖茶叶蛋的大姐闲聊了几句，她是哈尔滨人，来北京有两三年了，人挺实在，而且脸上总带着甜甜的微笑，给人感觉很亲切，我经常上她这里买茶叶蛋吃，所以比较熟悉。

她问，“穿这么漂亮，上哪去啊？”

“没什么事儿，上狗市看看狗去，放松一下郁闷的心情。”我没敢说去相亲，怕人家笑话我。

大姐十分感叹地说，“现在这狗真贵呀，好的都达到上万块，比人都值钱，我这一年风里来雨里去的也赚不出一条狗钱。”她说着顺手拿起两个茶叶蛋递给我，“妹子吃吧，大姐请你吃的，不要钱。”我看见她脸上的笑容是那样的朴实善良。

红枫叶咖啡屋离我家不算太远，有一站地，所以没打车，我迈着相亲的大步，走在明媚的阳光里，看着一个个和我擦肩而过的行人，心里祈祷着，那个叫田奇的小子一时失忆，把这事儿忘了，也省得我浪费口水。

我一直都认为爱情这东西靠的是缘分，有缘自然会走到一起，无缘谁撮合也没用。就像我和李小白，他追了我三年结果还是和春雨在一起了，凭心而论，李小白那人真的挺不错，老实巴交的，心肠还好。有很多时候当我静下来，当我想到他时，心里就会有一种很空的感觉。我知道我为什么会有这种感觉，当一个人天天死缠着你不放时，你会感觉到特别烦，突然那个人有一天不再缠着你而和别人在一起时，你就会感到一种莫名的空虚。从心理学的角度分析，就是当一种事物在你的生活中或是心中形成一种习惯的模式后，你就会觉得它是自然的存在，当这种习惯的模式突然间有了巨变，你就会觉得不习惯、不自然。

沈楠楠打电话过来时我刚走到咖啡屋的门口，她找我从来没什么正经事情，有时候半夜三更的她也会拿着电话给这帮朋友挨排打，没别的，就是想知道这帮她挚爱的朋友们是否还安全地活在地球上，害得我们这些人晚上睡觉之前养成了集体关手机的习惯，不关不行啊，谁要是有一个这样精神失常的朋友，也够折磨人的。

在电话里和楠楠聊着聊着我开了一个玩笑，我说要不然你来替我相亲得了，这厮一听兴奋得不得了，立马答应我了，说你在咖啡屋的门口等着啊，我马上到。我只是随口那么一说，她还当真了。

我觉得我来相亲就已经够无聊的了，居然还有人抢着替别人相亲，新鲜，这事儿真新鲜！

楠楠开着她那辆 QQ 来了，我看见她从车上下来眼泪差点没流出来，上身是男式的白色衬衫，没系扣子，里面露着比胸罩大一点的粉色吊带内衣，下身是蓝色的紧身牛仔裤，脚下一双红色休闲鞋，就她这造型活像个流氓，我敢断定这事儿一点戏也没有，那个叫田奇的小子不当场昏过去也得撒丫子逃。

楠楠走过来说的第一句话就让我吃不消，她说，“田鸡那小子呢？我要会会他，没事儿相什么亲啊，凭我妹妹长得这么前无古人后无来者，跟汉堡包似的，勾引和尚都没问题呀，还用得着跟他相亲吗，装什么国际名牌啊!？在国外混了几年连个外国妞都没混上，都丢祖国的脸!”

真不知道她这是在夸我呢，还是在骂我呢，听起来心里直发堵，我说，“人家叫田奇，不叫田鸡。”

楠楠说，“差不了多少，田奇田鸡都一样。”

我也没工夫跟她闲扯，到约定的时间还差二十多分钟，估计田奇快到了。

我妈和孟阿姨用心良苦，昨天就在红枫叶把位置定好了，二楼的九号桌，说是九九十成，那俩老太太做梦也不会想到半路我把自己掉包了。

到了二楼我找了一张离九号桌最近的十三号桌坐下了，楠楠今天是以我的身份相亲，所以她理所当然地坐在了九号桌。我要了一杯蓝山咖啡，原豆现磨的粉，味道还不错，比白开水强多了，楠楠挺讲究的，说是等那小子来了一起要。

提前五分钟田奇那小子来了，说实话，他不像个学经济的，倒像一个萎靡的诗人，披肩长发，面容颓废，不过细看，人长得挺英俊，个头跟马小石差不多，除了一头长发外，对外表的形容孟阿姨还是实事求是的，没谎报军情。

“你来了，快坐吧！”这是楠楠跟田奇说的第一句话，声调甜美无比，真是没看出来，她也会装淑女啊。

“不好意思，让你久等了。”田奇说完坐在了楠楠的对面，表情很平静，对楠楠的这身打扮没什么反应，看来这小子很有心理承受能力。

两个人要了咖啡后开始闲聊了，楠楠平时说话总带出一些秽语，今天出息了，一句也没有，像个单纯的小学生，问人家这个问人家那个的，还跟人家谈经济，谈普雷斯科特。我看着楠楠不禁伸出大拇指，她还知道普雷斯科特呢！我以为从警校出来的就知道拿拳头打沙袋呢。

我在心里正对楠楠今天的表现赞不决口呢，严重的事情发生了。楠楠慢条斯理地说，“你的名字很特别呀，叫田鸡。”

田奇那张脸顿时起了化学反应，五颜六色的，“我叫田奇，不叫田鸡，田鸡是青蛙。”

“操，那可能是我妈说错了。”

我一听楠楠说这话，差点没被自己的唾沫呛死，恨不得拿脑袋往咖啡杯上撞，我发现我今天做了一次最愚蠢的选择，怎么能叫她替我相亲呢？

这回好，把我妈都给扔里了。

田奇那小子心理素质真好，还坐在那儿聊呢，“兰飞飞，你喜欢文学吗？”孟阿姨说田奇没事儿爱拿笔写写文章什么的，我想也是一个被文学所腐蚀的家伙。

楠楠说，“喜欢，我这人你还是不够了解，精神上的生活特充实，最爱看书了，中外的都看。”

田奇说，“哦，那你爱看谁的书呢？”

楠楠说，“一般有名的作家我都爱看，当然了，作者是一方面，主要要看写的东西有没有深度。”

田奇点点头，“那你爱看余秋雨的书吗？我对他的书比较感兴趣，特别是那本《文化苦旅》。”

“谁？余秋雨是谁啊，肯定没什么名气，要不然我不能不知道。”楠楠说。

田奇一惊，显然是觉得自己遇上了一个文化涵养很高的女孩，于是又说出来一个大的，“那你对大仲马的小说感兴趣吗，他的《基度山恩仇记》我也很喜欢。”

“大仲马？是人名吗，我非常喜欢马三立的相声，特别是‘逗你玩’的那个段子，真好笑！——妈，咱们家的衣服被人偷了，谁呀？逗你玩……”楠楠说着说着自己呵呵地乐上了。

田奇深沉地凝视着楠楠足足有十秒钟，我想在这种情况下一般人都会把楠楠定性为神经质。

田奇缓缓神说，“兰飞飞，那你喜欢看什么种类的书啊？”

楠楠颇得意地说，“小人书，我家的小人书可多了呢，什么《地道战》、《地雷战》、《三毛流浪记》、《猪八戒背媳妇》的一大堆，都是名著！”楠楠越说越起劲，问田奇，“你知道《猪八戒背媳妇》是谁写的吗？”

田奇摇摇头。

楠楠看田奇摇头，把她美坏了，小话立马顶了上去，“这你都不知道啊，吴承恩写的嘛，纯粹的名著！”

田奇“呜”了一声，我以为他会原地摔倒，结果他比我想象中的更加坚强，继续跟楠楠探讨文学方面的问题，这回是诗歌辞赋，他问，“兰飞飞，你对诗词感兴趣吗？”

楠楠像个大学者似的，特若无其事，她说，“还可以，有时闲下来的时候会写一两首，挥洒一下孤寂的心情！”

天哪！她那两把刷子我还不知道啊，别说自己做诗了，能完整地背诵出一首古诗那都是奇迹！

田奇说，“这年头喜欢写诗的女孩越来越稀罕了，一般的女孩只知道风花雪月，哪还有这等雅致！？”

楠楠喝了口咖啡，然后吧嗒吧嗒两下小嘴，“可不嘛，所以我一直认为自己不是一般的女孩，有时候看见祖国的古文化被淡漠，我都心如灰烬，什么泪俱下。”

楠楠又把“声”字忘了，我在另一张桌子上干着急帮不上忙，有意地咳嗽一声给以提示，结果白费劲儿，田奇倒是很愿意帮忙。

田奇说，“是不是‘声泪俱下’呀？”

楠楠一听田奇替她说了有点儿不悦，“小田同志，看来你对文学的领悟还是很浅薄呀，文学最深度的理解就是朦胧，而朦胧最基本的体现就是稀里糊涂，我之所以把‘声’字省略了，就是因为我对文学的理解已经达到了朦胧阶段。”

田奇脸上露出一丝敬佩，用那种请教的口吻说，“可否将你的佳作让我欣赏一下？”

我以为楠楠会推辞，结果非常爽快地答应了，而且她的大作更加爽快，就一句话，“人生啊人生，垃圾！你是垃圾！”

楠楠说完招呼服务员又要了杯咖啡，然后盯着咖啡杯默不作声。我估计田奇那小子没想到楠楠的诗这么精华，所以像个傻子似的坐在那儿也没言语，等着下句。

这种寂静的场面长达一分多钟，之后还是田奇憋不住了，他问，“兰飞飞，怎么不往下说了呢？”

楠楠说，“还说什么呀，我的大作都朗诵完毕了。”

田奇愣住了，“就，就一句话呀？”

楠楠嘻嘻笑，“我写的诗最大的特点就是字少，省略号多，后面都是省略号。”

田奇缓了缓神，喝了口咖啡后又接着跟楠楠聊，“兰飞飞，听说你是学心理学的。”

“对呀。”楠楠点点头。

“那你觉得学心理学有意思吗？”田奇问。

楠楠叹了叹气，随后一杯咖啡咕嘟咕嘟一口干了，跟喝水似的，形象极难看。田奇脸上的表情有点儿不知所措，看来在英国他也没见过什么大场面，楠楠吧嗒吧嗒嘴，然后用手擦了擦残留在嘴角的咖啡。“有什么意思啊，成天研究别人心脏，烦都烦死了，哪天我准备改行研究人体其他器官呢，什么肝、胆、脾、肾、之类的啦，哪个都比心好玩儿！”

田奇那小子这回算是坐不住了，别说他坐不住了，我也坐不住了，跳楼自杀的心都有，这哪是研究心理学啊，简直是研究人体解剖的。田奇跟楠楠客气了几句后，抬腿就跑了，连头都没回，估计他出咖啡屋的门口就得喷血。

田奇走后楠楠坐在那龇牙咧嘴地笑开了，“飞飞，你看见他那傻样没有？太逗人了，我估计你的大名那小子这辈子也忘不了，一想起你就得吐，哈哈。”

田奇那小子是够点儿背的，回国后的第一次相亲就遇上了这码子事儿，佛家认为，一切都是命中注定，田奇这辈子也许注定该有此劫，被我和楠楠当猴耍。

从咖啡屋出来没敢带楠楠去我家，估计我妈在家里正等着我的相亲喜报呢，要是让我妈知道这事肯定没好日子过了，楠楠那张嘴跟广播似的，叫她隐瞒点儿什么事情你别合计，说着说着保准说漏了，为了安全起见，我和她直接去了梦伊的酒吧。

这一路上楠楠没消停过，脸上一直保持着龇牙咧嘴的癫痫状态，“飞飞，你说我把你相亲这当子事儿跟大家伙一宣扬，他们会有什么反应啊！?”

我说，“姐姐你可别，那样妹妹没脸活了。”

她哈哈大笑，笑得我心里发毛。

一进酒吧楠楠拽着梦伊往卫生间里冲，一开始我还怀疑她是尿憋的，拿咖啡当水喝，心里这个高兴，呵呵，憋死她。结果她们俩从卫生间里出来我就知道坏事儿了，楠楠把我卖了。

梦伊拽着我的手，一脸同情，“飞飞慢慢来，相亲也得看缘分。是不是看李小白结婚你着急了？妹妹，婚姻大事，一定要慎重啊。”

梦伊说着突然压低了声音，“我昨天看报纸，居然也谈到了相亲，还有一种相亲方式你们知道吗？可有意思了。”

楠楠对这个话题兴致昂然，“快说快说，还有什么好玩的相亲方式啊？”

梦伊抿着嘴，笑得特神秘，“还有一种相亲就是做那个，做好了留下联系方式，以便日后加强交流，做不好女方还得给男方钱呢，叫相亲损失费。”

楠楠呵呵笑，“占了便宜还得钱，那不是鸭子嘛。”

我没听明白，探头探脑地小声问她们俩，“做什么呀？为什么还给钱？”

楠楠笑得跟个荡妇似的，拍拍我的肩膀说，“傻妹子，做爱呗！”

楠楠说完，我觉得天昏地暗的，眼前一阵眩晕，我居然也去相亲，想想真不幸啊！

第三章

chapter three

谁的温柔

狂乱的午夜，睡衣疯了，谁露着文色的肌肤四处奔走，当善恶之树让人懂得羞丑，在千万层地域下，那是谁的纯真，又是谁的温柔……

1

自从那天相完亲后，我妈一改往常的态度，对我空前绝后地好，还一直安慰我，她说飞飞啊，没有什么大不了的，人家没看上咱，说明那小子没有眼光，你是妈亲手带大的妈清楚，除了脾气倔点儿、除了要要小性子、除了大手大脚之外没别的毛病，说你没文化、素质低，谁信啊，连你孟阿姨都替你不公，你可千万别因为这事儿憋出病来啊！妈可就你这一个孩子啊！

我本来是没什么的，听我妈这一说心里别提多窝火了，敢情我除了缺点外没什么优点了，田奇那小子也够缺德的，不同意就算了，还跟孟阿姨说我没文化，素质低，把我形容得整个一社会低能儿。也难怪，楠楠那天的表现的确有点儿让人无法接受，我妈安慰我时几次都想跟老人家说清楚，左思右想翻来覆去，最后没敢说，估计这事儿要是说出来，我妈最少得嘉奖我一个愤怒的大耳光，我还是忍了吧。

我妈这两天收拾东西准备回沈阳老家探亲去，说是有几年没回去了，这次回去最少住上一个月。听说我妈要回老家，我紧握老人家的双手，热泪盈眶地表达心声，“妈，您就放心地去吧，不要惦记，家里还有我呢，回去一趟也不容易，您就多住一两个月吧！”

听我这么说老太太也激动了，“飞飞啊，你真是个好孩子，这些年妈没白心疼你！”

我妈走的那天我特勤快，大包小包地帮我妈扛，都是些慰问品，场面弄得就像上灾区似的，我劝我妈用不着买这些东西，现在的家乡可不像我小时候那会儿了，连路边要饭的都高举着“为人民服务”的大牌子，就你这些东西谁稀罕啊，我妈说你的兄弟姐妹不是多吗，没有见面礼哪儿成啊!?

我的兄弟姐妹属实不少，什么表弟表妹堂弟堂妹的一大堆，我估计凑在一起能有个加强排的阵势，不过跟我关系最好的要属堂妹兰欣欣，她比我小一岁，算一算也有很多年没见着了。

随着一声长鸣，2549号列车缓缓地开动了，老太太透过车窗冲我微笑，眼睛里还闪着晶莹的光，我一个劲儿地挥手。

说句心里话，长这么大还没怎么和我妈长时间地分别过，大学是在北京念的，那时候一个星期准保回家一次，一回家我妈就巴巴地给我点钱。我说妈你怎么这么庸俗啊，一回来就给我拿钱，我妈一脸慈爱地说，如果你兜里有钱就不会回来了，我当时笑呵呵地把钱接过来，怕我妈一时判断失误再把钱拿回去。

走出北京站，回头看了看，老太太没有偷摸下车，嘿嘿，自由的感觉真好！

我妈走后我躺在床上昏昏大睡了两天，这回没人拿菜刀吓唬我了，不地震不起来，肚子不饿不起来，任由地球绕着太阳旋转，管它窗外阳光明媚还是风雨横行呢，都不关我事儿，睡！而且研究所不来电话我都不会去的，就是个腐败！

周倩的一阵电话把我吵醒了，她说她有半个月没上所里了，问我有没有什么最新情报，她好有个思想准备。这厮比我还腐败呢，看来不发工资她是不会去了。

其实我和周倩达成了一种默契，我在所里她不在所里时领导要问起，我会说周倩在下边忙呢，不惧风霜雪雨，敬岗敬业，其实周倩挎着小皮包正满世界地溜达呢。她在所里时领导要问起我，她保准会说兰飞飞在下边做调查呢，不畏酷暑严寒，任劳任怨，那时的我说不上在哪儿呢！

周倩说她有个快要支离破碎的表弟前不久从英国回来了，最近陪着人家找房子呢。我说没事儿，你就安心地陪你表弟找房子吧，所里的形势一片大好，到处鸟语花香，估计找房子有功，还得给你多加点奖金，周倩在电话里笑得特开心！

一起来浑身没劲儿，走路飘飘悠悠的，拉开窗帘，一缕明媚的阳光射了进来，刺得眼睛酸疼酸疼的，我想起江默然书中写过的一句话，“在黑暗中沉迷太久了是见不得阳光的，就像我的笔，经常喝一些伪劣的墨水，所以写出的那些东西也让圣人们不得安息，其原因不在于我，只怪墨水的品牌没选好。”

读过江默然写的那两本书后，我对他产生了很大的兴趣，这种兴趣不是一个读者的崇拜，而是觉得他写的东西带有一种味道，就像在《默然的选择》中有一句话，“当我经历了百转千回，当我穿过如酒的岁月，我笑了，既然我不能背叛灵魂选择拜金主义，那么，默然，是我唯一的选择。”

我站在窗口穷伸懒腰，手机突然响声大作，吓了我一跳，最近老是一惊一乍的，而且睡觉经常做梦有人要打我，我这平时也没做什么坏事儿呀，怎么会有人要打我呢？左思右想最后终于找到了根源，我这人嘴欠，背地里净说佛祖小话来着，有时间得上寺庙拜拜佛，给菩萨扔点儿红包，求求平安了。

接通电话是杜寒，以前他说话总是扯着嗓子喊，跟个小喇叭似的。自从成了作家后，语调变得非常婉转，显得特别的有文化涵养，你说他是教授都会有人相信，拿他自己的话说这是形象问题，不管个人历史有多么的腐朽，面对众人时都得用最纯朴圣洁的微笑，这不叫虚伪，也不叫做作，这叫“真诚面对”。

我说，“大作家有什么指教啊!?”

杜寒在电话里嘿嘿乐，“指教谈不上，我在百万庄弄了一家‘文学研究社’，晚上在梦伊的酒吧定了一个大包厢，有几个朋友聚一聚，没你怎么行呢!”

上帝啊！他办文学研究社，我拿着电话往阳台跑，上不来气，严重缺氧，站在阳台上深呼吸了两口仙气，血脉顿时畅通无阻。

"大哥……"我还是有点儿激动，手也有点儿颤抖，"大哥，我去，一定去，不容易呀！"

杜寒在电话里估计以为我哭了，因为我不仅手在颤抖，声音也有点儿抖。杜寒也激动了，他说，"飞飞，别哭，千万别哭，哥心里清楚，这些年你对我那是没说的，哥忘不了，想当初哥写《鸟粪奇缘》的时候，只有妹子你大力支持我，这回哥写《鸟粪奇缘》的第二部，准备把你塑造成书里的主人公形象。"

我的娘啊，《鸟粪奇缘》还有第二部呢，我问杜寒，"第二部叫什么名字?"

他说，"经过几天彻夜不眠的酝酿，再加上翻阅大量的书籍，最后终于想出了一个具有时代文学氛围的书名，叫《鸟粪的味道》。"

这回我算是彻底激动了，眼泪刷刷地顺着阳台往楼下淌，"哥，别塑造妹妹的形象了，妹妹平凡，真的太平凡了，估计要写我，这本书得成为你的绝笔之作，准保有一些戴文学眼镜的人拿刀追着砍你。"

我说完杜寒长吁了一口气，看样子挺感慨的，我心里正琢磨着说什么安慰他呢，他在电话那头忽然笑了，他说，"飞飞，经过那半年多的深造，最大的收获就是我也近视了，看《尚书》、《论语》、《左传》之类的书，我近视1000度；看《幽忧子集》、《骆临海集》、《醒世恒言》之类的书，我近视800度；看《四世同堂》、《莫帕拉》、《巴黎圣母院》之类的书，我近视400度。后来一位文学研究学者告诉我，你近视得太严重了，所以，你可以继续在文学创作的道路上走下去。"

杜寒说完我一时没弄明白，太深奥了，记得马小石写诗时他悟出了一种境界，他说，他写诗达到了灵魂出壳的境界，那一时刻他没把自己当人，当成了一堆泥土，回归大自然了。我想，这回杜寒也达到一种境界了，要不然不能近视得如此邪乎。

我问杜寒，"为什么近视的度数还会自由变化呢?"

杜寒说，这叫“近视文学”，而“近视”者，又并非“近视”也，这是一门新的学科，说多了你也不懂，只有跟我一样有如此学识的人才会明白，你晚上按时过来就行了。

跟杜寒又闲聊了几句后电话挂了，杜寒没有跟我解释什么叫“近视文学”，想了半天也没想出来，我琢磨着所谓的近视文学，就是缺乏维生素ABCDEFG所导致的营养不良。

我穿着睡衣站在阳台上，让十月的阳光任意照射我的肌肤，想一想这些年的蹉跎岁月，有点儿心酸，再想一想还有那么多的大好时光等着我去挥霍，心情就无比顺畅。我觉得人生最无价的享受是时光，这句话是从李小白那演变过来的，他跟我说，“人生最有价的享受是痛苦。”因为你每痛苦一次就意味着你失去了一些东西，无论是精神上的、心灵上的、还是物质上的。

通过这些年的接触，我确定李小白是一个悲观主义者，而马小石绝对是一个乐观主义者，记得我曾经给他俩做过心理测试，出了同样一道问题，我说，如果天快要塌下来了，你们会对自己最心爱的人说些什么？李小白说我会和我心爱的人紧紧地拥抱在一起，然后彼此许诺来生的约定，来生还要在一起。

而马小石笑着说，他会放一首钢琴曲，还是贝多芬的《致爱丽丝》，不是因为好听，而是有名。然后，再打开一瓶轩尼诗XO，不是因为好喝，而是够奢侈。如果时间允许的话，再点上几根蜡烛，这样比较有气氛。然后和他心爱的人喝着小酒跳着舞，乐呵呵地等着天塌下来。在浪漫中砸个粉身碎骨，让上帝的微笑为他们的生命祝福。

记得当时我还问过马小石来着，我说你跟心爱的人没有一句可说的吗？马小石说，没有。因为，他不管跟哪个女人在一起时，该说的话前三天都说完了，别说是来生的约定了，几辈子的合同都签了出去，再说就是复制了。

有一段日子没看见马小石了，好像他被我一顿扁踹之后就见过一次，在夏春雨她们家。那天我找春雨逛街，我到春雨她家时，马小石坐在沙发上吸着烟，陈水灵也在。马小石看见我，蹭地从沙发上站了起来，然后拽着陈水灵的手往外走，连招呼都没打，好像不认识我似的。当时我挺气愤的，掰就掰，谁怕谁呀!?

春雨问我：是不是又拿酒瓶子砸人家脑袋了？我说没有，就是用脚踹他屁股来着。春雨坐在沙发上分析了半天，不能啊，踹屁股也不至于生那么大的气呀，又不是踹一次了。我扑哧笑了，这次问题比较严重，听说马小石躺在床上叫唤一天，他妈问他是不是病了，马小石实话实说，以为他妈能给点儿最起码的母爱，结果他妈说，该踹，肯定是你又做什么缺德的事儿让飞飞生气了。结果他就彻底崩溃了，他说他活得特忧伤，没有一个人同情他的悲惨遭遇。

说句心里话，马小石他妈对我非常好，以前和我家住对门的时候，一有时间就上我家来跟我妈套近乎，说我妈人好，心肠好，飞飞这孩子长得漂亮都是随你。还对我妈说，小石跟飞飞那是天生的般配，我妈在我的婚姻问题上一向觉悟低，一个灿烂的笑容就默认了。所以，我在马小石他妈心中，一直具有未来儿媳妇的光辉形象。所以，从某种角度来说，马小石被我欺负也是合法的，不必负什么责任。

那天从春雨她们家出来时，春雨在我耳边小声嘀咕了几句，她说她看陈水灵不是什么好女孩，跟马小石在一起，就是为了他的钱。我笑笑，没说什么。

在春雨家碰到马小石后的第二天晚上，梦伊给我打电话。梦伊说马小石在她的酒吧里喝了七瓶青岛啤酒，大瓶的，喝多了，嘴里不停地叫着我的名字，连滚带爬地非要上台唱首歌献给我，陈奕迅的那首《十年》。梦伊让我赶紧过去看看，还说陈水灵劝他都不管用，他让陈水灵有多远滚多远，最好是滚到天边去。撂下电话时，我心里像针扎的一样疼痛。

我没去，后来梦伊又挂了两遍电话，没接。记得那一夜很静谧，那一夜我在记忆中飘了很久，那一夜我发现，其实，我挺在乎马小石的。

我猛然回过神儿来，发现眼睛酸酸的，好像还有东西流了出来。

我回到客厅，看见屋里屋外乱哄哄的，我也懒得收拾，对付着过吧，等老太太回来了连我一起解决，挺好！

中午的时候给楠楠打了个电话，约她晚上一起去梦伊的酒吧，电话接通，里面好像有很多人的说话声，乱乱的。

在电话里我听见楠楠说，“你们小点儿声，是我一姐们儿的电话。”楠楠说完声音立马停了下来，顿时耳朵清净了许多。有一个男的把话茬接了过去，带着很浓厚的东北口音，他说，“你姐们儿长得好看吗？哥们儿顶着灰尘千里迢迢的来趟首都也不容易，多少也得给咱介绍一两个认识不是。”楠楠说，“你丫儿的少动我妹子的心眼儿，人家可是根正苗红，长得更是花样年华，你小子有钱也没戏。再说了要找回地方找去，首都人民自产自销，生态平衡很稳定，你别搞破坏。”周围一通哄笑声。

我听楠楠话说完，连忙把话茬接了过来，“你这是在跟谁说话呢？”

楠楠嗓子有一点儿沙哑，“是我从前一个警校的同学，几年没见开了家大公司。这哪儿还有公道可言啊，我这样活生生的人才，说埋没就埋没了，一点儿给我展露才华的机会都没有，让我深深地体会到了什么叫做怀才不遇啊！”楠楠说着咕嘟咕嘟喝了两口水，又开始唠叨上了，“记得那谁说句什么话来着，‘给他一个支点，他能把地球撬起来。’不是我跟你吹妹子，谁要是给我一个跳板，我一下子能跳火星上去，把外星人拎回来做生物标本！”

我拿着电话的手瑟瑟发抖，在三秒钟之内给我的身体找了一个支撑点，斜靠在衣服柜上，我怕我顶不住，一头栽在地板上。定了定神后，听见楠楠在问我，“对了飞飞，你找我有个屁事儿啊！?”

“杜寒不是弄个文学研究社嘛……”

我话刚说一半，楠楠在电话那头又是一阵发表演讲，“你看看，我就说这世道变了，还没人相信，就他那样的多适合弄一家火葬场或是殡仪馆什么的啊！”

我哈哈笑，“话可不能这样说，人家现在怎么地也是个大作家，咱应该给与肯定的态度，不能用老眼光来看待新问题。”

“算了，提他就心堵，我在金世纪呢，你也过来吧，顺便介绍个朋友给你认识。”

“不去了。”

“飞飞，说是说，笑是笑，我这个朋友不错，这样吧，以后在介绍你们认识。”

撂下电话之前，楠楠又补充了一句，“晚上我开车去接你，咱俩一起去杜寒那儿，那丫儿的，没法说。”

2

晚上七点，我和楠楠风风火火地去了地中海酒吧。在酒吧门口刚下车，春雨开着她那辆红色的三菱跑车也到了，我当时挺纳闷的，我问楠楠，“春雨怎么也来了？”

楠楠说，“你不知道啊，春雨跟杜寒的关系比咱俩还要密切呢。”

我有点儿糊涂，“你听谁说的，这事儿我怎么不知道呢？”

“也是，你跟李小白的关系那么好，这事儿你要知道了那岂不是天下大乱了吗？”

我突然想起那天李小白问我的一番话。那天，我上他的心理诊所，找儿份心理学案例的材料。他问我认识杜寒吗，我说认识，他又问我，春雨认识杜寒吗，我摇摇头说不认识。当时也没多想别的，因为这些年，我真不知道杜寒和春雨也认识。看来这事儿李小白早就知道了，要不然春雨今天不敢明目张胆地来。人哪，你真是没法看！

楠楠叹了叹气说，“有个有钱的老爸就是不一样啊，你看看人家春雨，开着小跑车多牛！”

春雨他爸是个房地产开发商，绝对的有钱。我说，“楠楠，你爸不也挺牛的吗，人民警察爱人民，单位还给配枪呢，他爸再有钱在你爸面前不也点头哈腰的吗？”

“那是。”楠楠小脖一扬，很得意。

春雨看见我和楠楠，拎着皮包走了过来，她今天穿得特别漂亮，透着都市女人特有的魅力，时尚，阔绰，站在我和楠楠面前，做人的差距明显产生了，要在过去叫谁看都得说春雨是小姐，我是丫鬟，至于楠楠嘛，肯定是刚从乡下买来的村姑，培训个一年半载的好光荣上岗接我班，当丫鬟。

我们三个人一起进了酒吧，一名服务生把我们带进一间包房，一开门把我吓了一跳，沙发上黑压压的全是人脑袋，认识的和不认识的，顿时有一种污浊气体迎面飘来，除了酒精和尼古丁的味道外，还有一种传说中的味道，“文臭”。我猜想不认识的那帮人和杜寒一样都是搞“近视文学”的。

我一眼就看到了马小石，陈水灵坐在他身边，挽着他的胳膊，眼神里充满着羊羔般的温顺，马小石看着我的目光当中流露出一种叫做愤慨的东西，这让我很难受，十多年了，弄得见面像仇人似的，他这样看着我，还不如一刀砍死我呢，那样都比现在舒服。

我正愣神的工夫，楠楠拽着我一阵吆喝，兴奋之情溢于言表，“飞飞你快看，田鸡，是田鸡！”

我转过身望去，还真是田奇那小子，坐在杜寒的旁边，他怎么也在这里呢？楠楠这一喊不要紧，大家都乐得前仰后合。不过，田奇那小子倒是很镇静，像棵树似的没反应，就是死盯着我不放，我心想这下完了，我和楠楠那天的恶作剧今天算是败露了。上帝对待每个人都是公平的，所以我的报应到了，就是没想到这事情来得这么快，这么突然。

杜寒站起来开始作介绍，我猜的没错，不认识的那帮人都是杜寒文学研究社里的成员，搞近视文学的。杜寒似乎有意把田奇放在最后一个作介绍，结果他这一介绍，我真差点儿没被雷劈死。

杜寒说，“田奇刚从英国留学回来不久，是学经济的，他以前是一名作家，当然，现在也是，笔名江默然。”

我想，人世间最无聊的事情莫过于此！

楠楠握着田奇的手激动不已，就跟见着偶像李泳似的。她说，“小田同志，我真没想到啊，你还是作家哪，叫什么然？我怎么没听说过呢？是不是编妇女杂志的那个呀？你说说，你总研究我们女性，而且研究得那么深刻，连妇科病什么的都知道，怎么就没研究上个老婆呢！？真搞不懂哦！”

楠楠说完，大伙又是一阵笑声，田奇虽然面带笑容，但脸色多少也泛红了。

我身上的体温刷刷地往下降，我拉着楠楠的胳膊，“姐姐，咱俩还是找个旮旯坐着去吧，今天人多，咱别给大家伙添堵了。”我说着把楠楠拖到一边，找个合适的地方坐下了。

楠楠还有点儿依依不舍呢，嘴里嘟嘟囔囔着，“拉我干什么啊？我最爱看他编的妇女杂志了，贴近女性，真好！”

“您老还是歇会儿吧，妇女杂志的那个叫浩然，这个是江默然，弄错了。”我算是没办法了，也难怪楠楠这么激动，她除了爱看小人书，还特别喜欢看《妇女之友》和《妇女之家》什么的，过三八妇女节对于她来说比过年都乐呵！

今天这间包房里的人大多数都是以文化人自居的，所以说出来的话多少让人感到有些反胃，就像我喜欢鲁迅那老头写的文章，如果有人要是拿他的文章出来做秀，还以鲁派自居的，我就会觉得恶心，非常恶心。

喝着喝着杜寒晃晃悠悠地站了起来，看样子有点多了，他说，“我们都是文化人，所以不说是饱读诗书也是满腹经纶了，我本人最喜欢的就是……”

杜寒话没说完呢，在人群里有人当啷地喊了一嗓子，“这是谁的脚这么臭啊，熏得我上不来气！”

杜寒晃着脑袋左右看了看，没找到声音从何处传来，然后问道，“这话是谁说的？文化人怎么能不洗脚呢？不洗脚能写出好文章来吗！？”

这时，马小石嬉笑着站了起来，看他涨红着脸就知道也没少喝。他拍了拍杜寒的肩膀，“不好意思杜大作家，原来是我自己的脚臭，我不是文化人，所以没洗脚。”

虽然马小石也是写诗出身的，但他却看不惯自称是学富五车的文猪，其实马小石也的确有点儿才，“天涯咫尺苍凉梦，情花落尽人飘然”这两句诗句就是当年出自他的笔下。

杜寒看着马小石叹气回肠地说，“小石啊，你怎么能不洗脚呢，虽然你现在已经告别我们伟大圣洁的文坛炒期货去了，但你在我心中一直具有诗人的崇高位置，你当年写的那首《谁的温柔》，我现在回想起来依然很感叹哪！”

马小石冷笑着，“杜寒你是不知道啊，《谁的温柔》之所以是小弟的代表作，那是因为在我们家卫生间里写出来的，当时小弟我大便干躁，久蹲卫生间不起来，正在心情郁闷之时，突然排泄畅通无阻，犹如滔滔江水汹涌澎湃，一时兴起随笔之作，没想到杜兄至今没忘，小弟我无比荣幸啊！”

马小石的那首《谁的温柔》，当时的确是在他家卫生间里写出来的，至于是不是大便干躁憋出来的，那只有他自己知道。我隐约还能记得其中的几句话：狂乱的午夜，睡衣疯了，谁露着文色的肌肤四处奔走，当善恶之树让人懂得羞丑，在千万层地域下，那是谁的纯真，又是谁的温柔……

其实，马小石的文笔与田奇的文笔颇为相似，只不过马小石更注重情韵的飘逸，而田奇注重的是情绪的挥洒。马小石曾说过田奇写的文章太过放纵，让有些人看了容易感冒，如果说他是个作家，还不如说他是个文学领域里的流浪汉。

杜寒又接着刚才没说完的话茬，这回还清了清嗓子，看样子他要给大家伙朗诵诗作，“我本人最喜欢的诗，就是徐怀玉的那首《再别康桥》，轻轻的我走了，正如我轻轻的来；我轻轻的招手，作别西天的云彩。那河畔的金柳……”

杜寒正朗诵得神采奕奕深情无比呢，马小石又站了起来，一脸的讥笑说，“如果我没记错的话，这首《再别康桥》是徐志摩 1928 年秋天从英国回国时在海轮上写的，这‘徐怀玉’又是何许人也？是不是他们家的亲戚啊!?”

马小石说完大伙一阵哈哈大笑，杜寒寻思了一会儿，霎时恍然大悟、茅塞顿开，犹如拨开云雾见晴天一样，“对对对，小石兄弟说得没错，这首诗是徐志摩写的，徐怀玉是歌星，我最喜欢她唱的那首《踏浪》了，真是给在座的文友们丢脸啊，怪只怪我学的知识太多太杂了，他俩又都是我心中的偶像，所以才会出现这种不该出现的文学上的错误，这样吧，我高歌一曲《踏浪》作为惩罚。”

杜寒这回不吟诗改唱歌了，你还别说，那小子歌唱得确实不错，最起码不会出现文学上的错误。

杜寒一曲过后场面达到了高潮，坐在春雨旁边的那个小子娘娘腔地站了起来，我最讨厌这种缺乏父爱的男人了，一点阳刚之气都没有，像没断奶似的，听杜寒刚才的介绍，那个小子叫于明，据说这二年在网络上小有名气，称之什么网络写手，不是我这个人偏激，我估计跟杜寒一样也都是“牛顿派”那伙的，不是鸟粪砸在了头上，就是一跟头脑袋撞在了猪屁股上。

于明站起来后也要给大家伙朗诵诗作，还是原创呢，第一个发音就让我浑身起鸡皮疙瘩，“啊……白鸽，你是那样的洁白；啊……雄鹰，你是那样的神武；啊……羚羊，你是那样的健美；啊……牦牛，你是那样的强壮；啊……老虎，你是那样的……”

楠楠坐在我旁边看着于明高举拳头，我怕她起来乱说话，所以使劲儿地拽着她的衣服说，“楠楠你可稳住，千万别乱来，这么多人呢。”

楠楠掉过头，含情脉脉地看着我，“你拽我干嘛呀，人家的诗写得多生动多好啊，我看比什么摩写得强多了，还什么‘轻轻的我走了，正如我轻轻的来。’只有小偷才偷偷摸摸轻手轻脚的呢，那家伙准保不是什么好人。”

我听她说这话差点儿没背过气去，我还是哪儿凉快上哪儿歇会儿得了。

于明还没“啊啊”完呢，田奇突然间扑哧乐了起来，他看着于明一脸的无可奈何，他说，“于老弟，你的专业是不是生物学啊？”

于明停止了朗诵，扭过身看着田奇，表情特惊讶，“田兄是怎么知道的呢？你说的一点儿没错，小弟我以前学的的确是生物学，后来一不小心就走上了这条光明大道，缘分哪！”

田奇笑了笑，“因为你这首大作太有代表性了，跟解说动物世界似的，说真的，你不接着研究生物学，是一种人才上的浪费啊！”

“田兄，小弟我还有一首新作，请您费心再点评一下。”于明说完又开始富有激情地朗诵着他的新作，诗名叫《忧伤》，“那些梦啊那些花儿，梦里多少次梦见她，花开时是刻下来的幸福时光，花落时我已一脸悲伤。星空下，在左手与右手之间，看着那些数不尽的倒影年华，谁在虚幻的城市里？那是爱与痛的夏至，梦醒了，一个人，带着离去的忧伤，奔向雪一样宁静的远方。”

“好！”于明朗诵完后大伙一阵掌声。

“田兄，我写得怎么样？”于明听到大伙的掌声后，颇为得意地问田奇。

田奇沉默了一下后，“嗯，写得还可以，不过我还是觉得你应该继续研究生物学！”

田奇说完大伙一阵哈哈笑，于明没再说什么，坐在沙发上默默地喝酒。

这伙人都喝多了，有的拿着话筒乱哼哼，有的天南地北地瞎白话，田奇接了个电话后匆匆忙忙的走了，从我进来到他走，我们一句话也没说，他走时淡然地冲我笑了一下，这让我心里有点儿发毛。如果他跟孟阿姨说我怎么怎么样，然后孟阿姨再跟我妈说我怎么怎么样，那我妈不跟我发火才怪呢，我又一想，反正我妈一时半会儿还回不来，管那么多干嘛！

[3]

有一个小子像个鸵鸟似的晃晃悠悠地向我走过来，笑嘻嘻地在我旁边坐下了，跟我说他就是秋沙，是目前最具有魅力的浪漫主义的十大诗人之一，唾沫横飞地向我朗诵他的诗篇，还说与我初次相识就有一种三生有缘相见恨晚的感觉，在这浪漫的夜晚爱神丘比特定会祝愿我们，为了我就算是上帝来了，他也要拔出利剑跟他搏斗，要和我一起喝点儿。

我有点儿飘了，激动的，你看看人家，为了我跟上帝搏斗，多么英勇的诗人啊!？我颤抖着手端起酒杯，还没等喝呢，更加严重的事情发生了，马小石像个疯子似的冲了过来，拽着我的胳膊往包房外走，把我吓傻了，这小子是不是要报复我啊？

那个叫秋沙的看见马小石拽我，比猴都精神，扔下酒杯撒丫子跑了，没管我，狗日的，还说什么与我三生有缘相见恨晚呢，出事儿了也不说带我一起跑，我发誓，以后谁敢在我面前提什么诗人，我绝对跟谁玩命！

我刚想喊楠楠救命，来不及了，马小石已经把我从酒吧里拖了出来，他这是拿我当拖把了。

漫天星斗，霓虹灯闪烁，我看见马路对面停着一辆110警车，心里一下子平静了许多，看来我的生命安全还是有保障的，有人民警察在，这小子充其量也就是打我几巴掌出出气。

马小石瞪着我，眼神里充满了复杂的光芒，愤慨、沮丧、悲伤、失落，总之不是一张好脸。我刚想坦白错误，说我那天是一时喝多了，被酒精麻痹了头脑，才会犯下了可以宽恕的罪刑，请小石哥用政治思想来教育我，不要用暴力，现在国家可不提倡这个呀。

这话没等我说呢，马小石哭哭唧唧地开口了，“飞飞，你是不是和我断交了？为什么不答理我呀？如果跟我断交了你说话，我会让你永远看不到我的。”

糊涂了，我们俩这是谁跟谁断交啊？我说，“小石，你别瞎说，咱俩是什么关系啊，如果能轻易断交不早断了吗？还能一起这些年吗？”

我说完，马小石一下子把我抱住了，紧紧的，他说，“我就知道你不会跟我断交，我们这关系永远都不会断。”

我眼泪哗哗啦啦地往下淌，我为马小石流过很多次眼泪，哪次也没有这次流得值，一滴没浪费，都流到他身上去了。

我和马小石的拥抱刚到尾声，从酒吧里冲出来两个女孩，一个是陈水灵，另一个是思雯。思雯和陈水灵是老乡，她也是酒吧歌手，以前我去滚石时听过她唱的歌，嗓音嘶哑属于摇滚型的。现在思雯也在梦伊的酒吧，是陈水灵拉过来的，有时候我从心里往外佩服梦伊，她的确是做生意的人才。

我和马小石拥抱结束，她俩也跑了过来，时间掌握得恰到好处，跟排电视剧似的，黑社会火拼完了警察保准到，不费一枪一弹正好抓个现成的。我心里有点儿后悔，不是后悔刚才那个拥抱，而是后悔没找个背静点儿的地方，在大街上有偷情的举动这事儿多傻呀？

陈水灵真厉害，跑过来二话没说“啪”的就是一个大嘴巴，不是打我，打马小石，把马小石打得目瞪口呆，我估计也打清醒了。

说真的，我没想到陈水灵会打马小石一巴掌，在她打马小石的那一瞬间，我心里疼了一下，于是我也抡起来一支手臂“啪”的一个大嘴巴煽了过去，不是打马小石，是陈水灵。陈水灵也愣怔地看着我，我猜她没想到我会出手打她，就像我没想到她会出手打马小石一样，而且这么狠，就连我自己都感到不可思议，太有潜力了。

我正不知所措呢，结果不可思议的事情又接着发生了，思雯抡起胳膊照着我的脸“啪”的就是一个空前绝后的大嘴巴，把我打蒙了，顿时满世界的金星，在我眼前闪来闪去的，北呢？北跑哪去了？

过了一会儿，我缓过神来，确定了北的方向，没哭不算，还把我打乐了，什么世道啊这是？这么标致的一张脸她也舍得打啊？还有没有点儿人性了？难怪最近总梦见有人要打我呢，这不，梦想成真了。

陈水灵看了看我和马小石，然后眼含着泪水跑回了酒吧，看得出，她也挺在乎马小石的。

马小石用手摸了摸我的脸，“疼吗？”

我心里感到好笑，你说打嘴巴疼不疼，你要是没感觉我再打你一个试试，我用手指着他的鼻子喊，“我替你报仇打宝贝儿，你怎么不替我报仇打思雯啊？别告诉我你跟她还有一腿？”

马小石低下头，“没有，只是不想把事情闹大。”

说完就不吭声了，无论我怎么用小拳头捶巴他，用尖锐的话语刺激他，他站在那儿就是没反应，跟植物人似的，他只不过比植物人多了一个功能，能站着。

这回我哭了，不是因为脸疼，而是因为看见马小石心里憋屈，以前他不是这样的，现在怎么变得这么窝囊呢？我心中又耻辱又愤怒，如被刀割。

我手捂着火辣辣的脸，这些年真没人打过我，不过这种感觉在我记忆当中有过那么一次。那是在老家上小学的时候，当时我们班涌现出一批逃课勇士，我这人什么事儿都爱凑热闹，小时候就这样，所以我也成了逃课勇士中的一分子。有一天，别人没逃我逃了，结果被老师给抓住了，那个女老师我至今仍有印象，三十多岁还一脸的青春豆，怎么看怎么像个国民党女特务，实际上她也的确是个特务，她把我妈找到学校，要严肃地处理一下我的问题。她跟我妈说，逃课这种现象在我们班有段时间了，被地里她一直在调查谁是带头人，结果经过她的苦苦调查终于找到了根源，那个带头人就是你们家的兰飞飞。得，这么大的一个屎盆子扣在我脑袋上还能有好吗？我妈二话没说，当着老师的面就煽了我一个大嘴巴，当时的感觉跟现在的感觉一样，火辣辣地疼。

我在回忆当中找感觉呢，楠楠从酒吧里冲了出来，人没到声音先到了，“飞飞，我听服务生说外面有人打起来了，谁呀？谁跟谁呀？”

我说，“没事儿，你回去喝酒去吧。”

楠楠跑过来看见我的脸立马翻了，勃然大怒，本人是受害者都没有她火气大，“谁呀？飞飞谁呀？谁敢动你呀？你说说，我这一眼没照到就出乱子了，快告诉我，这是怎么回事儿？”

我又从头到尾把事情跟楠楠叨咕了一遍，楠楠听完怒火冲天，暴跳如雷，连续发出几个具有中国特色的骂人语句，“我操他家祖宗十八代，狗娃的她敢跟我妹子俩装，不知道马王爷长了几只眼，看我不收拾她……”

我劝楠楠说这事儿还是算了，妹妹我没吃亏，一个嘴巴换一个嘴巴，只是目标不一样。

“什么算了？打我妹子就是不行！”楠楠骂骂咧咧地转过身刚想冲回酒吧，看见马小石又开始一阵嚷嚷，“你小子我算是看透了，窝囊，有些话我都不想说，兰飞飞对你那么好，怎么就不知道去爱呢？我告诉你马小石，有你小子后悔的时候。”

楠楠说完就往酒吧里面冲，拽都拽不住，劲头大得像头牛。我进酒吧之前告诉马小石，你先回家反省去吧，这里有我处理就行了。

马小石说，“飞飞，你一定要处理好，楠楠那家伙不是一般的女人，是从警校出来的，千万千万别弄出人命来啊，如果有事儿一定要提前通知我，我好研究研究上哪跑，这事儿我脱离不了关系。”

现在这人怎么都这么自私啊，你跑了我咋办？爹死娘嫁人，各人顾各人，什么爱呀情呀哥们儿呀，全都是扯淡，活命要紧！

我进酒吧的时候场面已经混乱不堪，思雯有可能听说过楠楠的大名，吓得直往人群后躲，大家伙都劝说楠楠还是算了吧，可是楠楠不听劝，非要把思雯弄个残废。

杜寒没跑，小脸喝得通红，但时时刻刻没忘记自己是个文化人，在目光交聚的地方蹦出来装大马猴，他说，“这事儿怎么搞的，为什么要用武力解决呢？孔子曰，以和为本，此乃兴家兴国之大道也；孔子又曰，以善为本，善待他人为自善也；孔子又又曰……”

楠楠一听急了，“滚你丫儿的，少在我面前曰曰，就看不惯你们这帮装清高的人，一边呆着去。”她这是铁了心地要跟思雯牛下去。

杜寒晃了晃脑袋，嘴里嘟囔着往边上靠了靠，“这是什么人啊，孔老夫子的话都不听，再说我大小也是一文人，怎么能让我上一边呆着去呢，忽视文人的存在，此乃大不敬也。”

最后，梦伊出面了，她说，“楠楠，这事儿还是算了吧，思雯现在在我的酒吧唱歌，你今天要打了她，那我也没法做人啊。这样吧，如果飞飞要是觉得心里委屈，叫她打我几巴掌，出出气。”

我拽着楠楠的手，“算了算了，梦伊跟咱都是姐妹儿，她夹在中间也不好做。”

楠楠用力推了我一下，“没你什么事儿，上一边站着去。”

我站在一边，心合计着，怎么想也想不明白，这怎么能没我什么事儿呢？打的不是我嘴巴吗？

楠楠铁青着脸，吓死人，“梦伊你说这话我不爱听，飞飞跟咱是几年的姐妹儿，谁打谁一巴掌都没说，可是今天是外人打的，那绝对不行，你看她的脸都红肿成什么样了，既然你把话说到这个份上了我也无话可说，既然咱也是姐妹儿，我就给你一个面，我把思雯打飞飞的那个嘴巴还回来就行，谁再敢拦我我绝对跟他急！”

随着楠楠手起手落的那一瞬间，我看见楠楠的眼睛红红的，梦伊也是眼泪打着眼圈转，思雯更是牛，开始的时候她还咬着嘴唇没哭，后来还是没忍住，“哇”的一屁股坐在地上，放声痛哭。哎，楠楠那可是打沙袋的手啊！

楠楠煽完后，转身踢着正步就走了，像二战时期的德国兵似的特潇洒，没管我。我知道她和梦伊掰了，彻底掰了，她俩都是一副犟脾气，谁出来劝都没用。

那天晚上，我不知道我是怎么走出酒吧的，觉得发生这些不愉快的事情都是因为我，记得走出酒吧门口时差点儿没摔倒，因为我看不清路了，满脸都是伤心的泪水，她俩掰了，这事儿我脱离不了关系。

我蹲在酒吧门前的那条马路边上，泪水像断了线的珠子一样，噼里啪啦地往地上掉，路过的那些行人都用那种怪异的表情看着我，我都没寻思自己有多丢人。

我不知道自己蹲了多长时间，只觉得有一个人向走过来，然后站在我旁边，我抬头望了望，英俊的脸颊，怜惜的眼神，是李小白。我问他，“你怎么来了？”

他笑了笑没说话，然后把我扶起来搂在怀里，用手抚摸着我被打的脸，我像个小猫眯似的趴在主人的怀里，觉得特别的温馨，又特别的难受，这个宽大的肩膀一直是我固定的怀抱，无论我怎么发脾气，无论我怎么做错事，他从来没有离廾过我，不离不弃。

那天晚上，李小白送我回家，在车上他一句话也没说，心事重重的，在我家楼下他看着我一直沉默着，这让我想起在上大学的时候，他每次这样对着我时，都是向我表达爱意，可是那天晚上不是，他说，“我跟春雨要结婚了，你不想说点儿什么吗？”

我低着头看着粉红色的地砖，默默无语，能说什么呢？心里说不上来是什么滋味，后来我健步如飞地跑上楼，一句话也没说，在跑上楼之前，我看见他那张忧伤的脸，眼睛里波光闪闪。

夜，很静；风，很凉；我站在卧室的窗前，望着窗外，远远的一个人的身影站在月光下，有一种爱就像天边漂浮的云一样，飘来时，你没有在意，当它飘走了，心里却留下无限的感伤，就像我和李小白。

[4]

在梦伊酒吧发生不愉快的第二天上午，楠楠打电话过来。

楠楠在电话里问我，“飞飞，昨天晚上我走后你怎么回的家？”我拿着电话躺在沙发上，“是李小白送我回去的。”

“李小白？他怎么会在那里？”楠楠沉吟了一下，“李小白比马小石好多了，那小子，不是人。”

我拿着电话沉默着，不想再想那些不愉快的事情了。

“飞飞，你在家等我，我过去接你，咱俩爬香山去。”她说着叹叹气，“放松一下郁闷的心情。”

等我洗完澡换好衣服下楼时，楠楠开着她那辆 QQ 已经到了，透过车窗向我摆手。

“楠楠，对不起。”我上车后说的第一句话，我知道梦伊的事情她心里不好受，她们俩也是那么多年的朋友了。

“你别往心里去，没事儿。”她说着往 CD 里放了一张光盘，接着一脚油门，“无论是你还是梦伊，我都会这么做的，我的好姐妹儿让人家欺负，传出去我丢不起那人。”

车上的音乐响起，是戴夫 · 考兹的萨克斯曲《只等有缘人》。这是一曲令人神往的音乐，带着几丝迷离，带着几许离愁，听得让人欲醉还伤。

车子已经在五环上狂奔了，我听着音乐，有一句没一句地和楠楠闲聊着。

“先爬山，爬累了咱俩就去香山饭店吃饭，吃完饭咱们再去洗温泉，洗完温泉后再做个全身按摩。”楠楠越说越起劲，好像她说的那些都是免费的似的，“做完按摩，如果有时间的话再做个美容，然后再……”

“楠楠……”楠楠还没说完呢，就被我打断了，再听她说下去，我就得从车上跳下去摔个粉身碎骨，实在坚持不住了，我心里明净似的，她兜里比我脸都干净，她这是想让我破产啊，“楠楠，我……”

“你怎么了？”楠楠愣愣地看着我，瞬间她好像明白了，哈哈大笑，“妹子，别害怕，姐姐哪能这么祸害你呢，你往车后看。”

我转过身往车后面看，楠楠这辆车的后面紧紧地跟着一辆宝马车，我看见那个开车的人惊愕地瞪大了眼睛，那不是马小石吗？是他的车。

“他怎么会在后面？”我回过身疑惑地问楠楠。

“找个结帐的。”楠楠愤愤不平地说，“昨天那事儿都是因为他，你说，你挨了思雯那个贱货一嘴巴，是不是为了他？丫的，结果他小子脚底下抹油先溜了，把你一个人扔在那儿。”

我终于明白了，楠楠今天是有备而来啊！说真的，我真的不想再看见马小石了，最起码这两天不想再看见他，想起昨天晚上他那窝囊样，我心里就不舒服。不过又没有办法，楠楠不会让我半路下车的，而且这还是五环路上了，没有公交车站。我仰面朝天，长叹了一声，就想不明白，为什么我的人生总是这么被动呢？

到了香山，马小石停好车后背着大包屁颠屁颠跑过来，一脸笑容，“二位领导，你们放心，小石我今天一定会做好后勤工作的，不会让你们失望，呵呵。”说着从包里拿出两瓶矿泉水，递给我和楠楠，“你们等着，我去买门票。”

楠楠看着马小石离去的背影喃喃说道，“谁能相信他拥有几百万啊！?”

那天，我们在香山顶上整整坐了一下午，俯瞰着北京城，想想这些年的过往，心里突然有一种说不出的感觉，眼泪几次在眼里打转，不过最后还是忍住了。马小石说我太容易动感情了，这样不好。不过这足以验证了那句话，女人是水做的。他说完这话一回头看见了楠楠，你不是水做的，你沙子做的。气得楠楠发疯，要把马小石扔进茅坑里。

那天太阳快要落山的时候，景色格外美丽，落日的余辉笼罩着整座北京城，那天边的霞光与远处环绕的山峦形成一体，如同仙境。马小石说他这些年为了生活一直在努力赚钱，身上挂满了铜臭味，已经好多年没有这样欣赏美丽的景色了，这种场景好像似曾相识。他说完这话后好像想到了什么，歪过头来望了望我，然后笑着。

我知道他想到了什么，很多年以前，我和他曾来过这里，一起看过夕阳，和今天的景色一样。只不过那时候的他还是个穷光蛋，用他自己的话说，光着屁股写诗的人。

我突然想起一句话，你越想忘记一个人时，其实你越能记得他。同样，有些事情你觉得你已经忘记了，其实你还记得。

第四章>>

chapter four

爱情你姓什么?

那天晚上，我在我家的阳台上站了很久，就像一位失恋的女诗人，想了很多，最后想些什么自己也记不起来了，只记得自己很冷。后来我回到卧室一头扎在床上，昏昏沉沉地睡过去了，恍恍惚惚中似乎也能听见大雪落下的声音，还有梦里，那些流不尽的眼泪……

1

日子像长了翅膀似的过得飞快，我总在想，假如时间能够静止在一个定格的空间中该有多好啊，那样一些让人烦恼让人忧愁的事就永远也不会发生，有时候一想到这儿我就会偷摸地乐，可是事实上时间不会因为我们而静止，而我们却在时间消逝中慢慢的老去，这就是生命的流程，所以我也只能偶尔沉浸于这种幻想中乐呵乐呵，自我陶醉一把。

自从一个月前李小白和夏春雨结婚以后，我就告诉自己生活是美好的，每天早上的太阳都是新鲜的，谁也不能阻止我挥霍光阴，谁也不能再让我掉眼泪，谁让我掉眼泪谁就不是人。

我妈回来的时候，我在床上睡得格外欢快，还做了一个梦，梦中的我脚踏浮云成仙了，站在云彩上俯看着地球，地球上的人像蚂蚁似的来回乱爬，特逗人。我笑得跟个大猩猩似的，一不小心掉了下去，我两眼一闭心想这下完了，肯定是掉在地球上摔死了，正在这时有人一把把我给抓住了，“你个小东西，赶紧起来。”

我睁开眼睛一看，呵呵，原来被我妈给抓住了，我不禁感到好笑，做梦都摔不死我，真牛啊！

我说，“妈你什么时候回来的，怎么没事先挂个电话呢，我好上车站接你啊！”

我妈走这一个多月，除了见瘦之外没什么变化，那些皱纹里散发着青春的光华，跟我喊时嗓门照样震天响，我刚想搂着我妈的脖子亲热亲热，以表女儿的一片期盼之心，还没等我表示呢，我妈嗷地就是一嗓子，“你看看，这个家被你给祸害成什么样了，我一进门差点儿没报警，还以为进贼了呢。”

我坐在床上吓得浑身都在打颤，蔫巴儿地听着老太太训话，“你说说，我这才走几天哪，你一老一小的吃粮不管事儿，我这辈子算是毁在你们两个人的身上了。”

等我妈训斥完雄赳赳地出去了，我才敢垂头丧气地下床。回来就骂我，就我这弱小的身躯看管这么大的一个家，我容易吗？再说了没功劳也有苦劳啊，我心里不服，小声愤慨，怕我妈听见再进来接着训我，那就更犯不上了。越想越觉得自己不容易，我这么坚强地活着，这么茁壮地成长，没有点儿勇气能行吗？多坎坷荆棘的人生啊！？

走出家门的时候发现今天的风很大，后悔没听我妈的话多穿件衣服，秋冬季节最容易感冒了，特别是我这样缺乏抵抗力的，病毒排着队地向我进军，每年都得贡献出点儿银子支持医疗事业的发展。

我坐在出租车上望着车窗外，路边那些飘落的黄树叶随风起舞。对于我本人来说，我是讨厌秋天的，因为秋天里的风总会让我感到很忧伤，记得李小白和春雨结婚那天，风也是这么大。

李小白和夏春雨结婚那天的场面很壮观，20 辆油光锃亮的宝马车一字排开，从朝阳街缓缓地向教堂开去。李小白穿着一身两万多元的雅戈尔西装，十分帅气，春雨穿着白色的婚纱带着一条很昂贵的钻石项链，就像秋天里盛开的一朵小花，美丽动人。

我是伴娘，马小石是伴郎，我们俩手捧着鲜花跟在新人的屁股后面，马小石嬉笑着探过头来在我耳边细语说，“你看春雨多漂亮啊？我估计你穿婚纱也一定很漂亮，要不然我将就一下，咱俩也一就手结婚得了，两对新人多喜庆啊！嘻嘻!”我斜了他一眼，没答理他，看见他那副猴样我就反胃。

在向上帝下诺言的时候，李小白回过头来看了看我，目光宛然，那一瞬间，所有的记忆犹如千万颗流星在我脑海中一一展现，那些大学里的第一次由强到弱，最后变得空空如也，按照佛家所说的在这个世界上没有永恒的东西，所以一切都有结束的时候。

记得第一次我和李小白相识是在学校的图书馆，那天雨下得很大，我跑去看书，李小白是值班馆长，怕我把书和地板弄脏，说什么也不让我进去，他笑话我是个落荡鸡，我骂他是个四眼癞蛤蟆（他带着近视镜），我是个女的他拿我也没辙，只能在旁边气得吱呱乱叫。

记得第一次他向我表达爱意是一张小纸条，那纸条小得可怜，上面歪歪扭扭的写着八个大字，“别告诉别人，我爱你!”我当时也给他回复了八个字，用了一张很大的纸条，大得邪乎，能有八开，上面工工整整地写着，“别人都知道，我烦你!”

记得第一次他请我吃饭吃的是抻面，三块钱一碗，我当时一生气吃了两碗，还打包了十碗带回去，给我们宿舍的女生每人分了两碗，李小白对这事儿一直耿耿于怀，说我拿他的抻面送人情。

记得第一次李小白送我三朵玫瑰花，那花有点儿蔫，后来小猪告诉我，那三朵玫瑰花是李小白在路上捡的，还跟小猪声称他捡到了爱情。

记得第一次我趴在李小白的怀里，是因为我想擦鼻涕，而他却傻了吧唧的笑得特幸福……

我和李小白有很多让人哭笑不得难忘的事儿，如今那些过去也只能是回忆了。而这些是我们无法改变的，就像有些人只能存活在你的记忆里，忘了又想起来，想起来了又忘了，不知再过多久你还会想起来。

那天在婚宴上，李小白把我叫到酒店的走廊里，他骂我，骂我不是人，骂我为什么会当这个伴娘，我没像以前那样有理没理地都跟他嚷嚷。

我有些委屈地说，“小白，当初我答应春雨做伴娘的时候也没多想，你要是觉得心里不舒服你就骂吧，我听着，我听着还不行吗?”当初春雨让我当伴娘的时候，我以为她和李小白商量过呢，所以也没问李小白知不知道这事儿，看来春雨没跟他说我是伴娘。

李小白干笑了两声，望着天花板沉默了许久，显得很忧伤，我知道他心里挺难受的。他说，“我这辈子最遗憾的事情就是你当了我的伴娘，而不是新娘。”他说着点燃了一根烟，“你还是我们的见证人呢，你说你见证什么了?”

他点烟的时候，我看见他的手在发抖，我哭了，不过没有趴在他的怀里哭，因为他的肩膀再也不会承担我的泪水，再也不会了。

那天，李小白问了我一个这些年他一直都没有问过我的问题，他问我爱过他吗？而我的回答就连我自己都感到很意外，我回答他说“爱过”，也许，我真的爱过。不知道为什么，我感觉自己的心一直在往下沉，往下沉，沉到无尽深处。

我说完他笑了笑，笑得特别的酸楚，他说他跟春雨结婚不是爱情，是责任，他说春雨怀孕了。他说春雨也知道他心里爱的那个人不是她是我，因为上次李小白在梦中喊出的那个人的名字，是我。

那天离开酒店的时候，李小白跟我说了一句话，他说，“如果在这个世界上有人会爱我到永远的话，一定还会有一个人爱我比永远多一天，那个人就是蜡笔小新家的那条狗，‘小白’。丽江，他很怀念，因为那里藏着他永远也不会解开的秘密。”

我不知道丽江藏着他什么秘密，但我知道那个秘密里一定有我，在拉市海。

当我把思绪收回来的时候，我发现我的脸上已经挂满了泪水，真没记性，我说过我不再哭了，结果眼泪还是自己偷摸地往外跑。

那位司机师傅看见我哭问我，“小妹妹，没事儿吧?”

我说，“没事，就是早上起来时水喝多了，憋的。”

司机师傅呵呵笑，说我真幽默，然后告诉我研究所到了。

我下车的时候跟他说你人真好，他高兴坏了，一脚油门车就窜了出去，我估摸我再夸他两句，他得直接撞在树上。

中国人就是不禁夸！

2

进了研究所，陈大姐看见我，离老远就打招呼，“兰飞飞，你可真辛苦啊。”

我说，“不辛苦不辛苦，为人民服务哪能说辛苦呢。”

其实，我也的确不辛苦，除了泡吧就睡觉，悠闲得很，只不过交报告的时候长篇大论，以废话多来证明自己的敬业态度。

周倩看见我更是喜出望外，蹭地从凳子上蹦了起来，我以为她想我了呢，结果她告诉我她谈恋爱了，难怪她这么高兴，能不高兴吗，30岁的大姑娘可下有人接收了，还是初恋的萌芽呢，想想我都跟着激动啊！其实周倩长得也不赖，至少看着让人不添堵。

我接了杯水边喝边跟她俩闲聊，我开玩笑说，“是不是廉价处理的啊?”

“什么廉价处理的，我男朋友可是个文化人！”

我嘻嘻笑，“文化人还稀罕啊，又不是什么不明飞行物！”

我最近一听到“文化人”这个字眼儿浑身就不舒服，跟吃了臭豆腐似的，也许我身边的文化人太多了的缘故。

我问周倩，“你的男朋友叫啥名啊？”

“于明。”

周倩说完我还以为听错了呢，我问她，“是不是杜寒文学研究社里的那个于明啊？”

“兰飞飞，原来你也听说过他的大名啊！”周倩握着我的手激动不已。

我说，“听过听过，的确很有名！”

我何止听过呀，还见过他本人朗诵诗作呢，啊白鸽、啊牦牛的，真是豪迈，这事儿我没告诉周倩，怕于明那小子在她心中磨灭文化人的形象。

其实，我对于明这个人了解甚少，就是去杜寒的文学研究社时见过他几次，不过马小石对于明却没什么好感，说他写的那些东西跟黄色手抄本差不多，要是在上个世纪早就把他拉出去枪毙了，马小石不仅对于明没好感，对杜寒文学研究社里的那帮人都没什么好感，说他们“文儒”好似“文猪”，自叹当年的铅华青春化为一堆灰烬，落进尘埃之中。

我想，马小石之所以有如此言论，是他忘记了一个最简单的道理，时代在发展，文学也有时尚感，这好比僧人观之坦胸露乳的美女图，要在过去保准犯了色戒，应该在佛祖面前忏悔思过，如今那些没穿衣服，露着大咪咪的美女图那叫人体艺术，那叫美学，僧人观之美学，无落世俗，更无戒可犯，至于欣赏之时是不是心如止水，那也只能说各有各的心得了。

下午所里没什么事，我和周倩拎着皮包，顶着狂风上街去溜达，人家都说人逢喜事精神爽，周倩有了男友精神爽，我没什么喜事也跟着精神爽，一下午的时间我们两个人从王府井一直转悠到西单赛特，横跨东西城两区，真逍遥。

要说逛街我觉得我够在行的了，但跟周倩比起来那简直是小巫见大巫，没法比，跟我妈似的，一嘛视觉享受，不动资金，售货员在旁边站着干着急，我妈经常说不买也看，最次咱们也算是贫穷的上帝，他们还能把你赶出去吗？所以我很少跟我妈一起逛街。

在西单的一家瓷器店里，周倩对着一对瓷花瓶看了半天，那个售货的小姑娘嘴一直没闲着，叫她这一说花瓶别说插花了，就算是装上大粪都会冒着香味，周倩用手指敲了敲花瓶听听声，最后断定此花瓶不是古董，所以不买。天！谁家古董卖九百八呀？走出那家瓷器店的时候，我看见那个小姑娘气得直翻白眼儿！

闲逛够了周倩说带我上她表弟家看看，她表弟就在这附近租的房子，二龙路，我原本不想去，周倩说她表弟那人性格挺好玩的，还说她和于明就是通过她表弟认识的，一提这事儿周倩有点儿不悦，她说她表弟不同意她和于明交往，说于明那人是个文坛上的败类，就因为这事姐俩还闹了意见。

我和周倩刚走到二龙路口，我突然看到前面走来一个我熟悉的人，长长的头发随风飘逸，秋衫小夹牛仔裤，田奇！我当时挺愣的，自从上次在梦伊的酒吧之后再也没见过他，没想到在这里遇上了，结果没想到的事情又接着发生了。

周倩跟田奇打招呼说，“表弟，干什么去啊，我们正想上你家去玩呢！”

我站在那儿有一会儿才反应过来，突然间想到一句电影台词：给我一个理由，让我活得更长久一点，生活太过荒谬了。

田奇走过来，周倩给我们做介绍。田奇看看我，笑着说，“不用了，你的朋友小弟我领教过了，兰飞飞这个名字，真是让人难忘啊！”

我想起那天相亲的场面，也不禁嘿嘿地笑了起来，周倩看见我笑她一脸茫然，问我，“你笑什么啊？”

我笑笑说，“我忽然想起一位作家说过的一段话，‘他说人和人的初次相识那叫缘分；如果最初的缘分错过了，上帝还会给你一次不期而遇的机会，这叫邂逅；如果邂逅你也错过了，请不要相信第三次的遇见，那不是美丽的传说，那是上帝在惩罚两个缺心眼儿的人。’”

周倩嘻嘻笑，用手推了我一下，“你还不知道吧飞飞，这话是我表弟田奇说的，这本书叫《我们一起哭泣》，也是他写的。”

田奇说，“姐，你不用说了，这些兰飞飞心里比谁都清楚，她说这话只是想告诉你，现在站在你面前的是两个缺心眼儿的人。”

周倩看着我和田奇疑惑不解，这回她算是彻底蒙呆了。

风渐渐地平静了下来，落日的光线射在田奇的脸上，说实话他长得挺英俊的，有鼻子有眼的，我在想这事儿真邪门了啊，当初认识田奇的时候只是相亲的一场闹剧，结果他摇身一变成了江默然，这会又斗转星移地成了周倩她表弟，世界真小。我又再想，这也是生活吗？多胡诌八扯啊!?

3

我的日子越发平静起来，除了工作，除了田奇是我生活中的一个意外，没有太多的改变，风和日丽万里无云。

只是有时候当我想起楠楠和梦伊那码子事，心里还会有隐约的疼痛，自从那件事后，楠楠和梦伊一直没有来往，我也没再去过梦伊的酒吧，不想去，觉得别扭。

那天我和田奇去凯莱饭店吃饭，一进门就看见梦伊和一个男的在收银台前结账。那个男人我认识，是梦伊比较不错的朋友，以前我通过梦伊和他吃过几回饭，他叫常子林，个头不高，小脸精瘦，这几年赚了点儿钱，是一家电器公司的老总。

说起常子林我就想笑，他原本是一家商场的小保安，有一次上班期间醉酒骑车撞到了人，被撞到的那个人虽没死也是半伤，把他吓得魂飞魄散，结果那个人看他穿的服装以为是警察呢，比他还魂飞魄散，当场就交代了问题，此人乃是外籍在逃犯，常子林因祸得福，立了大功。中国人把脸面看得特别重，而荣誉这个东西就相当于往脸上贴金，报纸电视对常子林的事迹连番轰炸，“小保安孤身志勇擒拿逃犯”，“小保安飞车智擒杀人犯”，“小保安专访——”。常子林从未见过这么高的荣誉，一时间走路像坐了云车似的飘飘然，好像自己误撞误抓的那个人不是省级在逃犯而是国际逃犯。人的承受能力大小是不一样的，就像穷了一辈子的人，突然抓彩票中了大奖五百万，如果没有好的承受能力，一定会高兴得疯掉。而常子林偏偏承受能力欠缺，数日下来荣誉满身变成了荣誉压身，终于压崩溃了，卧床不起，即使这样也难逃荣誉的魔掌。有一家报刊多日没有冲击眼球的新闻，没办法，只好回过头来死盯着他不放，见他卧病在床大声叫好，不日见报：“独家报道——小保安擒拿要犯时留下不治重伤。”报后各界人士前来献爱心捐款捐物，常子林面对那些同情的目光彻底崩溃了，义无返顾地辞去了小保安的工作下海经商。几年光景下来，就混成了今天这个样子，一些事情好像上天安排好了似的，你都没法说。

梦伊和他结完账往外走时，正好和我们迎面撞上。梦伊看见我挺兴奋的，拽着我的手嘘寒问暖，那种久别的温馨让我感到恍惚，她整个人都瘦了一圈，那张俊俏的脸上失去了往日的光泽，很憔悴，这让我心里一阵酸楚。

那天梦伊告诉我张建生病了，是肝脏的事，很严重，她一直在北京 302 医院陪着。她说张建现在需要人照顾，她要一直陪下去。

张建平日里对我和楠楠都不错，今天早上起来的时候，我给楠楠挂了个电话，告诉她张建病了，楠楠在电话里犹豫了一下，然后对我说有时间咱们上医院去看看吧。

我想楠楠之所以犹豫，她是怕到时候见到梦伊场面尴尬，其实，我也想借这次机会缓和一下她们俩的关系。

中午，杜寒上我家来了，他来时我正哼着欢快的自编小曲，撅着屁股擦地板呢，一进门他就嘿嘿笑，用手指着我腰上的围裙说，“兰飞飞行啊，会干活了！”

“谁说我不会干活啊？”我白了他一眼，“大作家今天这么悠闲啊！?”

“想你了呗！”杜寒说着一屁股坐在沙发上，他今天穿的挺像样，跟个花花公子似的，一身黄色的西装里面是白色的大翻领衬衫，接见外国来宾都够架势。

“你小子净挑好听的说，想我了怎么才来看我啊！”我把围裙解下来送进厨房，又给他弄了盘香蕉。这小子属猴的，最爱吃香蕉了，不管多大三口一根。

“我这本书刚止笔就过来看你，多够哥们儿！”我把香蕉放在茶几上，他随手抄起来一根，贼眉鼠眼地左右看了看后，问道，“阿姨呢？”然后张嘴吃了一大口。

“我妈上孟阿姨家打麻将去了，按时按点风雨无阻，绝对敬岗敬业。”我话音未落，发现一根香蕉皮已经平躺在了茶几上，速度真快，都赶上收割机了。看他腮帮子鼓多高直想笑，我说杜寒你慢点吃，还有呢，真怕他一不小心噎死，我还得摊事儿。

其实，杜寒这人挺实在的，比马小石强多了，那小子拉屎时都说着梦话，鬼着呢。

我说，“杜寒，大作这么快就完成了？”

“嗯，经过我两个多月的昼夜颠倒呕心沥血，终于完成了我的第二部文学佳作，《鸟粪的味道》。”杜寒悠然自得，自信满满的外表下，带着几分神气，“此书值得展望啊！”

一听这书名我就忍不住想乐，我问杜寒，“鸟粪除了臭味值得展望之外，还有什么味道值得展望啊？”

杜寒耸了耸肩，然后点燃一根烟，“其实，有很多东西是无法定位的，就像一个温文而雅的圣人要是吃坏了肚子也会拉稀，也会久蹲茅坑不起来，也会降到半俗不雅。你再比如说，一个愚昧的蠢人要在唐诗宋词里泡时间长了，也会变得风流楚楚，也会随口来上一两句‘为什么我会如此忧伤，因为你在我的心里，而我却在你的天涯’之类的诗句。”

“瞎扯！”我斜了他一眼，“叫你这么说，给一头蠢猪穿上西装，配上眼镜，也会有教授的风范了？”

他点点头，“可以这么理解。”

我看着他不怀好意地笑笑，“杜寒，那你怎么不戴副眼镜啊！?”

他瞪着我，眼睛里充满了怒火，看那架势不顾作家的形象要揍我，我说，“杜寒你可掂量着来，这可是在我家里。”

他眨眨眼睛扑哧乐了，像个白面书生似的甩甩衣袖，随口曰之，“吾乃‘爱文’之士，而‘爱文’者，乃君子也，君子在道德上是有修养的，又岂能粗鲁待人乎！?”

哎，杜寒受孔老夫子的思想意识影响太深了。

我摆摆手，“你少跟我之乎者也的，此鸟语在我这里行不通，要说就说点通俗易懂的正宗普通话，听着顺耳。再说了，我又不是什么君子，只是一平凡女性。”

“我说的‘君子’是指有文化修养的人，无男女之分。”

我嘿嘿笑，“现在的君子在我眼里都是光着屁股满大街炫耀的皇帝，可笑得让人疲惫也。”

杜寒辩解，“君子懂得道德，又怎能不懂得羞丑呢？”

我冷笑笑，想起那天田奇跟我说过的一番话，他说羞丑经过包装之后就会变成一种秀美，就像如今挥笔泼墨的乱世文坛，臭者无臭，香者无香，狗屁文章不伤大雅，鸟粪当道鸡飞狗跳，如同混乱的乐坛一样，你方唱罢我登场，管他是两只蝴蝶还是两只王八，都是弘扬中国文化。

我把这话跟杜寒说了，不过没告诉他是田奇说的，他听后一屁股从沙发上站了起来，背着手在客厅里转了两圈，很是愤慨，“胡扯，这是胡扯，怎么能说我们伟大圣洁的文坛是臭者无臭香者无香呢？还说什么鸟粪当道，这明显是有所指嘛。”

我说杜寒你先坐下来消消火，别老在我面前转悠，看得我直迷糊。

杜寒坐下来，叼起一根烟，我问他，“你对田奇的作品如何评价。”

杜寒沉默着，像是在思考一个很有深度的问题，有时候我真不愿意跟这帮文化人说话，太费劲，就跟大便干燥憋着了似的，让人等着心急。

杜寒思考完后，扔出四个字，“文学黑客”。

“哈哈！”我听后哈哈大笑，觉得挺有意思的，

杜寒很诧异的问我，“笑什么？”

我没说，记得那天我也是这样问田奇的，我问他对杜寒的作品如何评价，当时田奇也扔出四个字，“文学病毒”。

杜寒突然间也笑了起来，而且笑得特别奸诈，跟过去小日本的走狗汉奸似的。

我很诧异地问他，“你在笑什么啊？”

他撇撇嘴，“我忽然间想起一件事儿，听说你跟田奇一起 get along 了。”

“get along？”我有点糊涂，糊涂的原因是我英语学的不好，上学时在英语课上净睡觉来着。楠楠就说学英语没什么用，中国人口已经占到世界总人口的五分之一，而且中国产人的水平可以跟美国的高科技抗衡，早晚有一天中国人遍布全球，到哪儿都是中国人，到哪儿都是中国话，不学也罢，有那时间看看猫和老鼠蹦蹦迪多好啊！

说真的，楠楠的思想就是比我活跃，有时我在她面前都觉得自己像块木头，还是即将腐烂的那一种。

我问杜寒，“get along 是什么意思？”

其实，我不愿意揭他的老底，他肚子里的那点儿墨水我比谁都清楚，他也就知道这么一两句猫话，想起时就拿出来用用，忘记了说不上什么时候还能想起来，有点儿像孔已己，特能装孙子！

他说，“我听别人说，你和田奇出现了生活上的问题，一开始我还挺纳

闷的，后来又一想，这也是人之常情，你说你青春期都过去那么多年了，老守身如玉谁受得了啊，该出手时就出手，正常，很正常！”

我脑袋里嗡嗡三响，像是被什么硬东西敲了一下似的。姥姥的，是谁缺德带冒烟的埋汰我呀？这不是毁坏我的清白吗？我蹭地从沙发上奋然而起，一手握紧拳头，一手指着杜寒气壮山河的怒吼，“谁？谁说的？你今天不告诉我就别想出这个门！”

杜寒被我凶如猛虎般的气势吓着了，身子斜靠在沙发上眼巴巴地望着我，“妹子，别冲动，千万别冲动，冲动容易导致犯罪呀，哥交代，哥什么都交代。”

杜寒那可怜滑稽的模样把我气乐了，倒也证明了我的可怕程度，这些年我跟杜寒还真没有过暴力冲突，不像跟马小石和李小白，两句话不到头我就手脚一起上。有一次，马小石喝多了，他握着我的手，感慨万千叹气回肠，他说，兰飞飞你的拳头见证了我十年的大好青春，十年啊，抗战都结束了。我当时也挺激动的，我说可不是嘛，大学教育才四年啊，你得欠我多少学费啊！？马小石看着我嘴唇哆嗦着，没说出来话，被我气得够呛。

杜寒最后据实交代，是听于明说的。

那天我和田奇、周倩还有于明在西直门饭店吃饭，饭桌上周倩胡说八道，说我跟田奇背地交往这么长时间，她当表姐的一点不知道，说不上我们俩都发生什么关系了。得，这事于明算是记住了，回去后就跟杜寒说了，杜寒还说这事现在认识我的人都知道了，兰飞飞和作家江默然有一腿。真是信息时代，性丑闻都出来了，这些年为了保持我的纯洁，跟自己的身体做思想上的斗争，结果一句话就把我给摧毁了，明星传丑闻还能提高点知名度多赚钱呢，我这除了丑闻之外啥啥没捞着，多冤啊我！？

“告诉我于明的电话号码？”我气呼呼地掏出手机，准备给于明打电话，说道说道这事儿。

杜寒挺滑头的，知道我打电话没好事儿，猫哭耗子假慈悲，哭丧个脸劝我，“妹子，算了，于明那人不坏，都是搞文学的哥们儿，我回去说说就行了，听哥的妹子！”

“杜寒，你少跟我虚头八脑的，你也不是什么好东西，他说你就信，还帮着造谣。”我把手机往沙发上一扔，“这事儿没完，哪天我要是不收拾他，都算我没活明白。”

“马小石说得没错，你们女人都一样，只有躺在床上的时候最像女人，平时都是凶巴巴的。”

“你别听小石瞎扯，他最会糟践人了。”

“不是瞎扯，小石对女性的分析很深刻，很透彻。”杜寒不但对马小石写的诗很崇拜，对他泡妞的功夫也是很崇拜。

我问他，“杜寒，马小石是怎么分析我们女性的啊？”

“小石说女性一般可分为三种，猫性，狗性，狼性。猫性是指温柔体贴的女人；狗性是指既温柔又会咬人的女人；至于狼性的女人最可怕，根本不会温柔就知道咬人，我们广大男同胞十分痛恨。”杜寒说着看看我，又摇摇头接着说，“没办法，敢怒不敢言啊！”

杜寒好像对狼性的女人深有体会，可是据我了解，他真没郑重其事地交过女朋友，对于他和春雨之间的密切关系，我一直没搞明白。楠楠猜测不是一夜情而是多夜情，我琢磨着也就是孤单时候的一种生理上的互相支援，不会搀杂什么情感因素。这年头除了一个人长了三个脑袋之外，也没什么新鲜事儿了，谁还管它几夜情啊！？

我笑着问杜寒，“那你说说我是什么性的女人啊！？”

杜寒看了我一眼嘻嘻笑，“小石说你……”

“小石说我什么？”我皱着眉头，心里明镜似的，从马小石的嘴里吐不出象牙来。

杜寒说，“小石说这三种你都不是，他说你属于第四种，狼和狗的混合体，心情好时没事儿，心情不好了得谁咬谁，就跟狼狗似的。”

我一屁股又从沙发上站了起来，从鼻孔和耳朵里往外喷火，把杜寒吓一哆嗦，看着我不敢喘大气，“妹子，你可别咬我呀，这话都是小石说的，哥当时还替你打抱不平来着，我说我妹子怎么能是狼狗呢？充其量也就算条京巴儿！”

我背着手在客厅里来回转悠，心里不平衡，愤愤不平，都想吐血，我突然转过身手指着杜寒跟他嚷嚷，“杜寒你装什么好人啊，当我缺心眼儿哪，京巴儿不也是条狗吗！?”

“妹子，你就知足吧，犯人减刑还得从死缓到无期，无期到有期呢，你这从狼狗一下降到京巴已经不错了，以小石兄的想法你就定性为狼狗了，这辈子没有改性的权利，为了你的改性问题我还搭进去一盒中华烟呢，你得赔我啊！”

这帮畜生，在背后竟糟践别人，“赔，赔你个头！”

杜寒撇撇嘴，小声嘟囔，“我招谁惹谁了，那盒中华烟好几十块呢，自己都不舍得抽，都便宜那小子了。”

杜寒说着狠赳赳地抄起我两根香蕉，一手一根，左一口右一口，看那架势要把他的烟折合成我的香蕉抵债。

我真没想到我在马小石的心中居然是条狼狗的形象，不是一直保持着峨嵋派掌门人的形象吗？怎么能说变就变呢？而且一盒烟就可以乱改我的性，这对我来说也确实有点太残忍了，亏我那天为了他挨思雯那一嘴巴，有句话怎么说来着？“好人不能当。”以后再有人打马小石，我绝对不拦着，哼，打死他！站在旁边看热闹！

我和杜寒又闲聊了一会儿，我问他，“你和春雨是什么时候认识的？”

“是一年以前，在朋友的宴会上，初次相识就让我有一种前所未有的悸动，那天春雨喝多了，我开车送她回家。”杜寒说着沉默了一会儿，然后又接着说，“我和春雨相识是个错误，当然，那是个美丽的错误，记得我送春雨回家的那天晚上天很黑，黑得让人失去了抵抗力，黑得让人来不及后悔……”

这帮文人太让人受不了，自己没有革命的坚定信念还赖天黑，我说，“你别瞎扯，天黑就没有抵抗力呀，我跟马小石不知道经历过多少个天黑，我们俩儿也没犯什么错误啊！”

他笑眯眯地说，“那不是因为马小石有抵抗力，而是因为你缺少魅力！”

我说，“春雨那么有魅力，怎么没嫁给你，嫁给李小白了呢？”

他怔了怔，“你看着，他俩早晚都得离。”

我问杜寒，“如果李小白跟春雨真的离了，你会和春雨在一起吗？”

他说，“以后的事情谁又能说得清楚呢？”

看来我和楠楠都猜错了，杜寒和春雨之间不是几夜情的事，还有更深层次的领悟，那就是爱。我一直觉得爱情这东西爱好了行，爱不好也真是件让人痛心的事儿。

杜寒走后，我又收拾收拾屋子，之后接了个电话，是周倩打来的，现在我一接到她的电话脑袋就多大。自从周倩一头扎入爱河之后，电话三天两头的打过来，跟我谈感受，谈什么恋爱心得，跟我妈似的，一唠叨没完没了，她在电话那头喋喋不休，我在电话这头呲牙咧嘴，正常情况下不超过半个小时你就别合计撂。

哎！什么也别说了，恋爱使人疯狂！

[4]

圣诞节快到了，大街小巷充满着节日的气息。一想起去年过圣诞节时的情景，我就忍不住想乐，同时也觉得挺对不住马小石的，无缘无故就给人家一酒瓶子，也就是他，这事儿要搁别人身上非得和我玩命不可。

早上起来的时候，田奇挂电话过来，说是请我看电影，我左思右想还是决定不去了，在家沉重地思考一天，思考我的伟大人生。实习即将结束，对自己以后的事情还没个着落，以前我似乎对自己的未来充满期盼，如今我真不知道我所期盼的那些是什么？就像有些人春天的时候期盼夏天，夏天的时候期盼秋天，到了冬天又开始期盼春暖花开，真不知道他们在期盼些什么？

有时我觉得期盼和信奉是同样的愚蠢，就像有些人相信精神是可以解脱的，可是他们的精神真的就解脱了吗？天知道！

跟田奇接触时间长了我发现，他这个人的脾气有点儿像我，不管什么事都看不惯，什么事都想说道说道，就像他写的那些文章一样，保准都有针对性。

我跟田奇说我生病了，还是大病，所以哪也去不了，其实我也的确病了，流鼻涕，轻微感冒，这几天小寒风呼呼的，刮得非常凶。他说你既然生病了那就算了，一会儿我过去看看你。我刚想跟他说别来了，还没等说呢，他把电话挂断了，我手拿电话望着我们家屋顶愣了有一会儿，这事搞的，要知道他会过来看我，我就说我得手足口了，吓死他。

我做好防御措施，告诉我妈等一会儿田奇来了，你就说我得病了，传染病，最少离我五米，要不然必得无疑。我妈在厨房里忙着呢，听我说这话探出头来斜了我一眼，“刚才还蹦蹦跳跳的呢，上房都没问题，这会装什么病啊，我可不替你白话人，这么大岁数了我缺不缺德啊，再说我怎么着也是个老党员！怎么能骗人呢？”

“嘿嘿，老党员！”我嬉笑着说，“妈，你什么时候这么有爱国意识了啊？”

我妈一个健步从厨房里穿了出来，腿脚的灵敏度与年龄成反比，吓得我一激灵，看来刚才的话把老太太激怒了，手拿着抹布掐着腰瞪我，“我什么时候不爱国了，你妈当年的苦还少吃了吗？”

我赶紧转移话题，跟我妈聊点儿别的，怕再把她的心酸史勾出来，到时候她难受我也跟着痛苦，“妈，咱多看看当前的大好形势，心情一高兴打麻将都不点炮。”

“你少绕弯弯，我还不知道你，跟你爸一个样怕我唠叨过去。”我妈说得没错，在这一点上我和我爸属于一个战壕里的同志，只要我妈一提以前，我和我爸恨不得借两条腿跑，有多远跑多远。

我说，“妈你记住了啊，一会儿田奇来你就说我病了。”

我妈笑着问我，“你跟小田相处得怎么样了？”

“妈。”我靠在卧室的门框上，一字一板地跟老太太说，“您老一定要用平和的心态，来看待我和田奇这个问题，我们俩属于正常交往，没有情感上的因素。”

田奇那人挺够意思，他上我家来过几次，一直没把楠楠替我相亲这码事儿向两位首长汇报。要是马小石这事儿早败露了，那厮没事还想找点儿事出来呢，我过上几天消停日子，他看着心里难受。

“其实这也不是什么着急的事。”老太太叹了口气，不说话了，拿着抹布转身进了厨房，我看着我妈的背影，心里一阵泛酸，有点儿想哭，这二年她老人家在我婚姻的重大问题上没少操心，我听我爸说，我妈最大的愿望就是在台湾问题没解决之前，先把我解决了。

一阵敲门声，我猜是田奇，我又告诉我妈一遍说我生病了，然后跑回卧室，飞身上床把大被往脸上一蒙。大被捂得太严了，外边说些什么我一句也没听清，只听见我妈一阵笑声，过了一会儿，我感觉我卧室的门被人打开了，我在被窝里哼哼唧唧地发出声音，以表示我正在与病魔做顽强的斗争。突然间，一个偌大的人脑袋伸进了我的被窝，看着我嘿嘿笑，那张作恶多端的嘴脸我最熟悉不过了，化成灰烬都认识，是马小石那个王八蛋，我估摸着别人也不敢，只有他死不要脸的才能干出这事儿，以前他就这样，以前他上我家来时，不管有谁没谁，恬不知耻地往我床上一躺，躺着躺着就睡着了，特会享福。

我把被摞起来身体往床头柜上靠了靠，“你小子真没人性，不知道这是处女的床吗?”

他把皮包往茶几上一扔，然后侧身坐在床边看着我傻笑，他好像瘦了，皮肤也有点老化，他说，“你不说我倒忘了嘿，你还是一女性哪!”

“你今天要是来气我的就赶紧滚啊，我这里不欢迎。”我撅着嘴，斜眼看他。

他笑笑，“跟你说着玩呢，我大老远从东城区赶来就是特意来看你的，顺便再看看咱妈。”

“你别扯淡，我妈可不是你妈。”

“谁说不是啊?你妈都承认我是她的半个儿子了，你说的不算。”马小石晃着脑袋挺得意的。

不是我说，我妈那人就是觉悟低，当初打麻将替她赢了点钱她就认人家做了儿子，这回想不认都不行了，人家赖上了。

马小石突然转移话题问我，“听说你跟田奇那小子谈恋爱呢，有这事儿吗?”

“那是不可能的，本故事纯属虚构!”一提这事儿我就有火，昨天一天我连续接着几个电话，都是问这事儿的，先是楠楠，然后春雨，接着是梦伊，我现在成重点新闻了。

马小石听我说没这事儿特高兴，“我就说嘛，你连我这样风华正茂五彩缤纷的帅小伙都没看上，还能看上他吗，知识分子，那叫狗屁!”他说着用手往床下推我，“起来起来，让哥们儿躺一会儿，你是不知道啊，昨天晚上打了一宿麻将，疲惫，太疲惫了。”

三下五除二我就上地板上歇着去了，我掐着腰像条狗似的跟他俩嚷嚷，“这是我的床，我的床，我生病了，生病了你知不知道?”

“生病了……”他手指着我嘿嘿笑，“进门的时候咱妈都告诉我了，你躺在床上装病呢，再说了，看看你那样，比我都精神百倍，说我生病没准还有人信，说你，嘿嘿……”他又开始笑。

看来老太太又把我给出卖了，我低头看了看自己，真就是无病呻吟那伙的，精神焕发，要搁抗战时期，不是吹，一拳就能打倒一个小日本鬼子，玩似的！

马小石躺在我的床上特牛，冲我挥挥手，“去，给哥们儿弄点水喝，口渴了。”

“你别装大啊，要喝水自己弄去，没人听你使唤。”我穿着睡衣靠在衣服柜上，歪了他一眼，“我可不是陈水灵，拿你当个金元宝似的。”

我一提陈水灵，马小石的样子特邪性，“我跟她已经彻底分手了，前天的事儿。”

“陈水灵跟你好了几个月能轻易分手吗？”我不信。

他说，“我给她钱了，她的泪水打湿了我的钱，她爱我，真的爱我。”

我感觉冷飕飕的，马小石有时候也挺天真的，给点泪水就当爱情。你要是给我一百万我能连续不断地哭上一个月，把北京城浸泡在泪水当中，谁跟钱过不去啊。不过话又说回来，陈水灵那小体格干巴巴地奉献了几个月也够一说，都是女的，怎么能没有点同情心呢，我猜想那笔钱不会是小数目，半年不用卖唱也可以潇洒地活着。

马小石掉过头来问我，“你说说，我是不是很缺德啊!?”

“你不是很缺德，而是比你再缺德的人都没有了，如果你再这么缺德，小心你会一无所有，变成穷光蛋。”

马小石啼啼笑，“我就知道，你会这么高度的评价和诅咒我，不生气，我不生气。”他说着把被往身上拽了拽，然后嘴里哼哼着小曲，“生活是美好的，上帝是神圣的，我是自由的，如同小鸟自由地飞翔……”

我上客厅给马小石拿了瓶矿泉水，冰镇的，冰死他。我看见我妈还在厨房里忙活着，真有精神头，我顺着门缝偷偷地往里望了望，老太太正乐呵地收拾鱼呢，五六条，活的，肯定是小石买的，他知道我妈爱吃鱼，马屁精，还说来看我，我爱吃大闸蟹他咋不买呀？哼，冰死他！

我小碎步地回到卧室，马小石手拿着一本书骂骂咧咧地翻看着，“这也叫书？也叫书？垃圾，纯粹的垃圾，还敢引用李煜大叔的词，‘春花秋月何时了，往事知多少！问君能有几多愁？恰似一江春水向东流’。我都替他愁!”

“你又替谁愁啊!?”我说着把水递给他，他顺手把书扔给我，“你看，真是名副其实呀!”

我接过来一看，呵呵笑了，是杜寒写的第二本书《鸟粪的味道》，此书现在已经闪亮登场，杜寒说此大作有望杀入畅销书排行榜前十，再造处女作《鸟粪奇缘》的辉煌。这本是那天我和田奇去他文学研究社时给我的，当时也给了田奇一本，那天我和田奇从文学研究社出来，在车上田奇翻看了一下，看后大骂，之后没过多久田奇在网上发表了一篇文章，题名为《裸体的文性者》，里面还填词一首，“水调歌头——文之臭鸟”：神鸟几时有？抬头问青天，不知天上鸟粪，何时落人间。多少文儒墨客，笔耕几度寒年，心愁自了然。肝胆结冰雪，不及鸟粪一篇！空悲切，欲无泪，望苍穹。鸟粪奇缘，何与今朝论文坛？古有闲居雅士，今有牛鬼蛇神，味道两难闻，但愿冬无际，千鸟尽人间。

杜寒看此文章后恼羞成怒，都是搞文学创作的，平日里说说也就作罢，还在网上发表评论攻击，此事怎能袖手旁观置之度外？不日，他也写了一篇文章，在同一家网上发表了，题名为《爱文者曰》，他本来也想填首词来着，可是对词方面了解甚少，看还可以，自己往上填就有点儿困难了，无奈之下作出四句带有诗意的顺口溜解气：千古文坛笔未休，老子写书壮志筹，天降奇缘结鸟粪，涉及儿等个屁事儿？

于明最近也要推出新书了，不过书名尚未起好，全社上下齐心协力在帮着酝酿。那天周倩挂电话过来时，跟我透漏点机密，说是初步拟定一个书名，叫《天上掉下个避孕套》，望文生义，我猜想又是一部类似于黄色手抄本的力作，真是没看出来，于明那小白脸居然能有如此高尚的文笔。

马小石突然冲着我一阵嚎叫，“兰飞飞你想冰死我呀，大冬天的你让我喝冰镇矿泉水?”

我哈哈大笑，其实我们家冰箱里就这么一瓶矿泉水，是那天我随手扔进去的，没想到让他这个傻冒享用了，他看着我气得眼睛里都往外冒着凉气，真逗人！

有人敲我们家门，我妈开的，就听我妈笑着说，“田奇来了，你看看，上阿姨家来还买什么东西啊，又不是外人，进来，快进来。”

田奇也笑着问我妈，“阿姨，飞飞呢?”

我妈说，“飞飞啊，躺在床上装病呢!”

我一阵眩晕，一屁股坐在了地板上，心想，这回栽了，挺好个老太太，怎么就不知道说谎白话人呢?

田奇进来时，我穿着睡衣还在地板上坐着呢，他脸上的表情特复杂，看了我一眼又把目光抛向我的身后，我忽然意识到我身后的床上还有个大活人呢，我猛回头，看见马小石像个佛似的躺在床上，龇牙咧嘴地笑着，我怎么把他给忘了!?完了，完了，我这回算是彻底完了，这事儿跳进黄河也洗不清啊!?

我心里像刮着沙尘暴似的，说不出话来。

5

晚上，我和马小石跑到胜利电影院看了场电影。在记忆里跟马小石看电影的岁月跟爱琴文明似的，古老的尘埃。记得我刚来北京那会儿电影院相当于我第二个家，我和马小石的时光没少葬送在那些闪烁的银幕下，后来一纸通知书就把我调到大学里祸害光阴去了，从那时起也就结束了我和马小石的暮色生涯。现在回过头想想，正如马小石诗里所说的那样：光阴似箭，青青芳草转眼黄叶飘飘，有多少纯真的情怀被时光丢弃在肮脏的现实里，如今回首，谁在寻找逝去的温柔，梦泪留痕，似梦如诗的感叹！

和马小石从电影院出来时，我嘴里一直哼哼着电影里的主题曲，马小石说，“你的脑袋跟正常人的脑袋完全不一样，故事没看明白，歌曲倒是学会了。”

我对电影里的故事情节一向缺乏分析能力，不过在这点上我从来没有怀疑过我的智商存在问题，而是怀疑导演的智商存在缺陷，不然我为什么就看不明白呢？

“小石兄弟请我看场电影也不容易啊，学一两句哼哼着，啦啦啦……啦啦啦……啦啦啦……”

“你先在这‘啦啦’，我去取车，一会儿咱俩上慕尼黑酒吧喝酒去。”

“你就不怕我喝多了再拿瓶子砸你的大脑袋吗？”我伸手去拍他的大脑

袋，他一缩脖躲了过去。

“你再敢拿瓶子砸我，就把你给祸害了，我现在可是孤独得很哪！”他说完带着满足的淫笑取车去了。

小北风呼呼地刮着，我不禁打了一个冷颤，这小子说得没错，他刚和陈水灵分手人财两空，我这只纯情的小羊羔和他在一起混，时时刻刻都有被狼叼走的危险，所以无论如何我今天晚上也不能喝多，保持清醒的头脑，嘿嘿，让他捞不着机会！

灯火辉煌的街头，我挥舞着手臂擦了擦大鼻涕，好像感冒有点儿严重了。我正站在那儿研究是用薄弱的体能抵抗病毒还是用药物杀毒的问题，突然看到从电影院里走出两个人，一男一女，当时把我吓了一大跳，觉得太不可思议了，男的是田奇，女的，女的好像是马小石的初恋女友吴雪停？

我怀疑自己是看错了，闭上眼睛缓了一下神，睁开眼睛再看的时候，还是觉得有点儿像吴雪停，他们同时也看到了我，向我走过来，从走路的姿势上我断定此人就是吴雪停，因为她走路的姿势特性感，就像过去妓院里的老鸨，前仰后撅，屁股扭来扭去的，当初马小石就是喜欢人家这一点，说是淑女，所以才把自己那点儿青春的热情毫无保留地奉献了，所以才混成了今天这种地步，爱情死尸的地步。

就因为马小石的错误引导，以至于在很长一段时间内，我认为淑女就是晃着屁股走道的女人，而我傻傻的为了装淑女也晃着屁股走了半个多月。有一天，楠楠实在忍不下去了，她跟我说兰飞飞，你这样走道不像淑女，倒像个卖淫的妓女，从那以后我再也不晃着屁股走路了，本来是个挺好的女孩，总叫人家误会不正经，这事儿谁受得了啊！？

我看着他们俩向我走过来，还是觉得此情节不真实，有点儿像瞎编乱造胡说八道的小说，不过立马我就觉得这是真实的了，因为他们俩走过来田奇没吭声吴雪停倒是先开口了，她说话的声音还和我记忆里的一样，温柔婉转得像小河流水，她说，“哎呦呦，这不是兰飞飞吗？好多年没见着了啊，长得可比以前受看多了！”

吴雪停和我说话历来是这种语调，刺耳，说实话她属实很漂亮，秀美的脸蛋，站在我面前就像一只蝴蝶翩翩起舞，从我现在这个角度来看，马小石当年的确有眼光。不过此时的我，内心却很混乱，一想起那时候她嘲笑我是个乡下妹子土得冒泡，一想起那时候她骂我是条疯狗，一想起那时候马小石拿我钱往她身上花，我就气不打一处来，可我还是控制住了自己的情绪，让自己不想过去，所以很平静的跟她打招呼。

“你什么时候回来的啊？”我问她。

她说，“回来有些日子了，我还想过去看看你来着，不知道你搬没搬家。”

我说，“还住在西城区呢，没搬家。”

“世界真小，没想到你们两个人也认识。”田奇说着冲我冷笑笑，“兰飞飞，病这么快就好了？不是说生命很垂危吗？”

我打了一个喷嚏，吱吱呜呜地不知道说什么，上午他到我家没呆多大一会儿就走了，场面挺尴尬的，他今天原本是想约我看电影，结果我装病没答应，这会儿又蹦蹦跳跳地跟马小石跑来了，这事儿多傻啊!？我低着头，像个悲哀的小丑，不敢看田奇那张脸，我恨不得这会有什么人一板儿砖把我给拍死，总比蠹在这儿舒服。

吴雪停问我，“飞飞，怎么一个人来看电影啊？还一个人过生活呢!？”

“她不会自己来的。”田奇看着我说。

田奇话音未落，马小石开着车过来了，停在我们三个人的面前，随着一声开车门的响声，马小石拿着皮包下来了。吴雪停看见马小石一脸迟疑，她肯定不可思议，她离开马小石上英国留学那会儿，马小石穷得就剩下四肢和脑袋了，别说宝马车，连个驴车都没有，现在人模狗样的，有俩糟钱，有时候我想想都觉得像在梦游。

马小石看了吴雪停一眼后，跟田奇打了声招呼，然后挽着我的胳膊像对小夫妻似的，他说，“飞飞，我们走吧，天太冷了，你感冒还没好呢!”

我当时一愣，不过瞬间就反应过来了，他什么时候对我这么好过啊？我都认出吴雪停来了，那时候他跟人家如胶似漆柔情似水的，就差没把心掏出来让人家捧着玩了，能认不出来吗？他这是又想拿我当炮灰。我想不明白，我在马小石面前为什么老充当这种不是人的角色呢？

我说，“马小石，你没看见雪停吗？”

马小石一愣，“谁？”

孙子装的，纯装的，他缓缓地转过身，望着吴雪停足足有几秒钟。

马小石说，“你什么时候回来的？也是的，眼看着就没认出来，也许时间过得太长了吧，就跟上个世纪的梦一样，你现在过得好吗？”

孙子真能装，当个三流演员都够格。

吴雪停凄然地笑笑，眼神特忧伤，她说，“我，我现在过得挺好！”

我原以为他们两个人几年没见着了能热泪盈眶紧紧拥抱呢，在套两句“你一直是我多年的期待，就算无情的风把往事吹散，也无法改变最初的爱！”之类的电影台词什么的，搞搞气氛，没想到是这种场面，我看着都没劲。

他们两个人又闲聊了几句废话，然后马小石搂着我的腰，牛性十足地上了车，我真是贱骨头，都不知道迈哪条腿走路好了。上车的时候，我又回头看了看，路灯下，一个人的眼睛波光闪闪，一个人的眼神淡漠、黯然。

我望着车窗外，视线在一个个灯火阑珊之处来回飞舞，我知道马小石对吴雪停并不是一点儿旧情没有，有句话怎么说，“初恋的纯真是最难忘的。”

我转过头，马小石的表情非常沉重，刚才的那种潇洒自如荡然无存，我问他，“吴雪停回来了，你不想和她破镜重圆吗？”

马小石说，“有很多事情过去了，是无法再挽回的，当然，我曾经是那样的深爱过她，可是当沧桑的灰尘遗忘了那片蓝天，曾经也只能是曾经。”他说着突然转过头来，深情地凝望着我，“其实我一直都爱错人了，如果当初我选择你，我想我现在会很幸福。”

马小石说这话的时候很认真，不像是在开玩笑。

我说，“如果当初你选择我，你确定你会很幸福吗!?”

马小石点了点头，“我确定。”然后回过身去点燃一支烟，猛吸了一口，有点儿像吸毒。

我心里顷刻间闪过一丝喜悦，接着问他，“我这个人是不是很不错啊!?”也许是自信心在作怪，我一直都觉得自己很招人喜欢。当然，除了我妈以外，那老太太不找我毛病就念阿弥陀佛了。

马小石听我这一说，嘿嘿嘿地笑了起来，瞄了我一眼问道，“你是想听美丽的谎言呢，还是想听有深度的真话呢!?”

“当然是真话了，谎话电视广告天天播，哪个说的不比你动听啊!?”

他寻思了一下，接着开始直言不讳地对我评估，长这么大还没有人对我评估过呢，我竖起耳朵听。

他说，“你这个人大体上说得过去，不像一般女人那样弃矜持于不顾，虽然吧，人长得不怎么样，但心地善良啊，这就很好，最主要的是你这人嘴硬心软，好糊弄，谁要是娶了你比较安全，偶尔在外面有一两次越轨行为，不会轻易被发现，即使发现了也没事儿，一两句好话就能搞定!”

“马小石，你就是混蛋。”我憋了半天，总算是憋出一句话来，差点儿没把我憋死过去。

他见我没好气地骂他，一脸坏笑，他说，“你看过《红楼梦》没有？里面有一句话，‘水晶心肝玻璃人’，我觉得这句话是对你最好的评估。如果没看过回去后好好看看，在第四十五回里头，小小年纪别老虚度光阴，应该多看看书。”

我厌恶地盯着他，气得浑身瑟瑟发抖，“看了两本烂书，跟我装什么孙子啊?”

马小石看我脸色很难看，急忙缓和气氛，“别乱来啊，我可开着车呢，这可不是什么闹着玩的事儿，我还没活够呢!”

我撇了他一眼，哼，等着，风水轮流转，有你小子栽在我手里的时候。

6

到了慕尼黑酒吧，楠楠也在，自从楠楠跟梦伊闹了别扭之后，就把根据地转移到了这里，来这里喝酒的一般都是20多岁的青春派，其实这里老早以前就是我们这伙人的根据地，后来梦伊开了地中海酒吧，我们就很少来这了。

其实最早发现这个地方的是马小石，那时候他还是个校园诗人，经常和同校的诗友们来这里喝酒，看那些漂亮的女生，分析他们当中哪个是处女，以及胸罩杯的尺码，灵感飞跃之时，还能随口喷出几句诗句，“谁把胸膛贴近我的胸口，那是少女羞涩的眼眸，挥霍吧，尽情地挥霍吧，在黄昏的盛宴上，让青春与荷尔蒙一起激情燃烧！”

那时候马小石并不像现在这样淫乱下流，对爱情还处在萌动阶段，对异性的渴望一般借用视觉得到满足，基本是在良好的环境下成长，虽然个头不高，皮肤黄瘦，那是缺乏维生素造成的，总体看上去属于那种阳光男孩，当然，那时候他也的确不大，花季吧！

我抬头，看了看马小石，当年那个小男孩已经穿过红尘的硝烟，堕落成现在这个样子了，我无限感慨，往事真是不敢回首，太磨灭了！

楠楠正在吧台前的转椅上坐着，看见我和马小石蹭地蹦了下来，兴高采烈地招呼服务生，“啤酒换红酒，开个大点儿的包房，我朋友请客，我朋友有钱!”

马小石小声在我耳边嘀咕，“要知道楠楠那穷鬼也在这儿，我就不来了。”

我呵呵笑，我说，“你那么有钱不砸你砸谁呀，这年头谁有钱就砸谁!”

“你看看。”马小石用手指着我的脸，“我没说错吧，你也是个往脸上抹痱子粉的庸俗女人。”

“你还敢骂我庸俗，刚才在车上我就想揍扁你来着。”我说着把脚踢了出去，直奔马小石的屁股，结果一脚踢空，他一个健步就跑到楠楠身边去了，回过头来冲我挤眉弄眼的，“小鬼，还想踢我啊，你那套不灵了，还是上峨眉山学学新招吧。”然后对楠楠说，“妹子，咱不和往脸上抹痱子粉的女人一起走，你没往脸上抹痱子粉，咱俩一起走。”

楠楠真是觉悟低，两句好话飘飘然了，和马小石勾肩搭背地向包房走去，没管我，我跟在他们俩的后面像个小电灯炮似的，心里暗骂，一对祸国殃民的家伙。

马小石要了两瓶白兰地，我就喝不了这酒，两杯下去迷迷瞪瞪地把自己扔在了沙发上，我躺在沙发上，醉眼惺惺地看着他们俩抢话筒，直着笑，楠楠唱歌没比我强多少，也属于五音不全那伙的，跑调跑得邪乎，一首歌能从北京跑到上海，而马小石唱歌却很好听，歌喉宛转富有磁性，从打我认识他那天起就特喜欢听他唱歌。

马小石又唱起了他的拿手歌曲，张艾嘉的那首《爱的代价》，“还记得年少时的梦吗，像朵永远不凋零的花，陪我经过风吹雨打，看世事无常，看沧桑变化……”

我听着听着躺在沙发上睡着了，好像还做了一个梦，梦里有一个小男孩站在校园里的枫树下，白色的衬衫黑黑的头发，特别干净，我穿着裙子跑过去，他说兰飞飞，我会爱你比永远多一天的，你信吗!?然后我呵呵地笑着，然后我们捧着书本一起坐在草地上，看着远处的那些花，看着天边飘过的白云，看着飞过我们头顶的小鸟，看着青春悄悄地从我们身边溜走……

梦醒了，酒没醒，我忽忽悠悠地坐起来，发现脸上湿乎乎的，我掏出手机，拨了一个电话号码，接通后却不知该说些什么，那种久违的声音让我无比忧伤，就觉得自己的心往下沉，一直沉到心里的最深处，无声流泪。

电话那头先是“喂？喂？”了两声，接着沉默了一会儿，然后说，“飞飞，我知道是你，怎么不说话呢!?

“小白……”

那天晚上从慕尼黑酒吧出来时，天空中飘着洁白的雪花，虽然我喝多了，但看着那些雪花还是觉得新鲜，我一直都不讨厌雪，就像在我的内心深处一直都不讨厌李小白一样。

那天晚上，马小石送我回家后，我抱着马桶一阵撕心裂肺地狂吐，吐过之后就觉得舒服多了，也清醒了不少，接着又洗了个澡，从浴室里出来时，我看见我妈站在浴室的门口，看着我的眼神里，带着一丝忧郁，我妈说在我没回来之前，李小白往家里挂过四五遍电话，问我回来没有。我妈回卧室睡觉的时候对我说还是给小白回个电话吧，省得人家惦记你，那孩子对你真是没说的。

我拿手机给李小白回电话时才发现，手机没电了，一直在关机，我想李小白一定往我手机里打过很多遍电话，以前他就这样，无论是我不接他电话还是关机了，他就一直打给我，直到听到我的声音为止。即使两句话不到头被我一顿骂，他也一如既往，有一次在电话里他跟我说他习惯了被我骂，就像我习惯了骂他一样。

电话接通后，我告诉李小白我到家了，他说，“你到家我就放心了，要不然这心里总像有块大石头压着似的。”

我哈哈笑，“你有啥不放心的，我都这么大个人了，还能被人拐卖到马来西亚当妓女去咋的。”

他也哈哈笑，那笑声爽朗无比，在电话里久久回荡，让人听着特舒服，奇怪，我以前为什么很少有这种感觉呢？

我想是因为我们俩很久没联系的原因，自从他跟春雨结婚后，这是第一次通电话。

他说，“如果你真被人拐卖到马来西亚当妓女去，那我就上马来西亚当鸭子去，陪你一起落尽残余的人生。”

我啼啼笑，“咱俩一起卖淫赚老外的钱，说不定到时候还能混个马来西亚华商的称号呢！”

李小白说，“咱俩小时候肯定被傻子抱过。”

我哈哈笑。我突然想起了丽江，不知道那小子在拉市海埋下的是什么东西。

我忍不住地问他，“小白，那次去丽江你在拉市海我们站在的那个地方埋下了什么东西啊？能不能告诉我啊？”

他说，“你还记得这事情呢，这是秘密，你自己猜，猜对了有奖啊。”

“我才不浪费那脑袋瓜呢，说不好你是在糊弄人呢。”

“呵呵！”他笑。

我看看床头柜上时钟，已经是凌晨一点多了，我说，“这么晚了，春雨没睡觉吗？”

他说，“你真是头脑简单，就知道一加二等于三，春雨不睡觉我敢这么猖狂吗？我一直在我家的阳台上给你打电话，雪下的真大呀，我都快变成雪人了！”

我撂下电话直接冲向阳台，雪还在下着，我看着那些飘落的雪，心里十分难受，那些和李小白灰飞烟灭的美好过去，似乎夹着冰冷的雪花向我飘飘而来，一些细节历历在目。

那天晚上，我在我家的阳台上站了很久，就像一位失恋的女诗人，想了很多，最后想些什么自己也记不起来了，只记得自己很冷。后来我回到卧室一头扎在床上，昏昏沉沉地睡过去了，恍恍惚惚中似乎也能听见大雪落下的声音，还有梦里，那些流不尽的眼泪。

第五章>>

chapter five

圣诞节的眼泪

我抬头，雪还在下着，那些飘落的雪花落在我们每个人的脸上，头发上，衣服上，一些瞬间融化，一些落下了又被风吹走了，就像当那些飘洒的雪花覆盖这个世界的时候，一些人花天酒地，一些人物欲横飞，一些人甜言蜜语，一些人笑如花开，还有一些人在暗地里悲伤地流着眼泪……

【1】

以前马小石老爱说一句话，他说在夜以继日地繁杂生活中，最使人哭笑的是命运，在万千的思绪中，最使人感伤的是回忆。我觉得这句话说的一点儿都没错。

圣诞节那天雪下得很大，我和楠楠还有春雨三个人去北京302医院看张建，我们每个人都拿着花束，楠楠开玩笑说我们就像卖花的小女孩。

我们三个人走进病房时，梦伊坐在床边给张建剥橘子呢，她看到我们又惊又喜，两只眼睛动情的闪烁，估计她没想到我们会来。她看起来好像又瘦了，也比那天在凯莱饭店碰见她时更憔悴了，笑起来时眼角的鱼尾纹一条一条的，我心中不禁一阵空落，以前多么魅力水灵的一个姑娘啊，现在看上去跟个少妇似的。

张建看见我们喜出望外。我看见他脸焦黄焦黄的，一点儿血色也没有，笑起来的时候更是吓人，春雨把嘴贴在我耳边小声嘀咕，“你看看他，瘦得跟个骷髅似的，顶多能有八十斤，看着还没我壮实呢。”

我心想，这次张建病得还真是不轻啊。

其实，张建也挺可怜的，虽说有花不完的钱，但多年前和老婆离婚后就没再联系，也没有孩子。现在只有梦伊这个朋友天天陪着他，照顾他，张建说梦伊是个好女孩，谁要娶了她那是这辈子的福气，他叹气这辈子只能和梦伊做朋友了。

那天离开医院的时候，梦伊送我们出来，在医院的门口她抱着我和楠楠痛哭流涕，她说张建是癌，没有多长时间了。

我一听是癌还没有多长时间了眼泪哗哗地流，我就经不住这事儿，春雨也是眼泪打着眼圈转，楠楠那流氓比我们俩坚强多了，强忍着没哭，搂着梦伊的肩膀安慰说，“梦伊，别哭，我看他还挺精神的，再说了，人生就是这么回事儿，生离死别的！”

梦伊哭着说，“张建他人特别好，虽然我没答应他的追求，但我当他是最好的朋友。在北京这几年，他也一直在我身边默默地支持我。”

楠楠叹叹气，“哎！生命就是这么脆弱，我有个朋友前天买了辆新车，结果昨天就他妈的撞死在北四环了。汶川大地震带走了那么多人，哪个愿意死啊，没听苏轼说吗，‘人有阴晴圆缺，月有悲欢离合，啥事儿也不全。’想开些吧。”

我还没反应过来呢，春雨抿着嘴乐，她说，“楠楠你说错了，应该是‘人有悲欢离合，月有阴晴圆缺，此事古难全’。”

“哦，是吗？”楠楠寻思了一下，“那可能是我上学的时候老师教错了，管他呢，反正都是苏轼那老头瞎编的，我只是借来用用！”

楠楠说完又开始接着安慰梦伊，“你要保重自己的身体，别熬垮了啊，瞧你现在，都残花败柳成什么样了，我看着都心肌缺血。”

楠楠劝人都与众不同别具一格，拿马小石的话说，让人佩服得脑袋着地屁眼儿朝天！

梦伊听着听着扑哧笑了，用手擦了擦眼泪，她说，“你们不用为我担心，我现在特坚强，前两天我的初恋男友打电话过来告诉我，说他也得癌了，能不能见最后一面，他很想我，我当时拿着电话都没哭，你们说说，我是不是很坚强啊！？”

梦伊说完哈哈笑，我看见她笑的时候眼睛里又有新的泪水流出。

梦伊以前跟我们说过，她的初恋男友是她这辈子最爱的人，也是让她最伤心的人，当初她能一个人千里迢迢的从四川来到北京，也就是因为和她初恋男友分手的原因。

梦伊说，“我不知道这是不是个天大的笑话，爱我的人和对我好的人都得癌了，带着我长大的姥姥就是得癌死的，也许上天注定了我这辈子要孤独一生。”

我忽然想起很久以前梦伊跟我说过的一句话，“其实我们每个人生下来的时候都是一样的，只是后来我们变了。”很久以来我对这句话一直不理解，现在我好像明白了，我知道，如果梦伊是个有钱人家的孩子，她也会视金钱如粪土；如果她是高干子女，她也会摆着大小姐的谱；如果她受过高等教育，她也会找份白领的工作；如果她生在平民百姓家，她也会随和地生活，可是她什么也没有，她是孤儿。

我抬头，雪还在下着，那些飘落的雪花落在我们每个人的脸上，头发上，衣服上，一些瞬间融化，一些落下了又被风吹走了，就像当那些飘洒的雪花覆盖这个世界的时候，一些人花天酒地，一些人物欲横飞，一些人甜言蜜语，一些人笑如花开，还有一些人在暗地里悲伤的流着眼泪。

之后北京又连续下了几场雪，我的心情一直很不好，我从来没想过，有人离开是一件多么让人忧伤的事儿，现在我知道了，原来有人离开，永远的离开，是很让人忧伤的，无论那个人是你身边的什么人，而忧伤其实就是一种悲痛。圣诞节那天晚上十点多钟，张建走了，梦伊说他走得很安静，脸上带着淡淡的笑容，梦伊说张建有一个心愿，如果有下辈子希望梦伊能做他的老婆，他会给梦伊所有的爱。

不久之后，梦伊离开北京回四川了，把酒吧交给了楠楠照看。梦伊说她不想有太多的遗憾，她最爱的那个人总游弋在她的梦境里，那双期待的眼神，那张黯然神伤的脸，让她在无数个夜里流着眼泪醒来，她知道，她无法割舍的不是那段随风过往的岁月，而是泪水夺眶而出时无法拒绝的思念，那天她做了一个梦，梦里的她飞翔在故乡的那片蓝蓝的天空中，还有那个人。

梦伊走的那天，天气特别的好，明媚的阳光无风无浪，我都觉得那天是这个冬天里最好的一天，我们一大帮人去机场送她，每个人的脸上都绽露笑颜，没有离别时的那种伤感，记得那天说得最多的一句话就是，“早点回来！”梦伊像个领袖似的冲着我们这伙人挥手，再挥手，然后转身进了通道，在也没回头。

那天走出机场的时候，楠楠说了一句话，“狗娃的陈水灵，这回算是有你好日子过了。”

背地里我给陈水灵打了个电话，告诉她楠楠这人心不坏，你们两个人交往时间长了会成为朋友的。陈水灵的确很聪明，听出了我话里话外的意思，她说飞飞姐你放心吧，我不会惹楠楠生气的。

我不知道我为什么会给陈水灵打这个电话，可能是由于梦伊的原因，梦伊对待她身边的每一个人都很好。

几天以后，楠楠挂电话来跟我发牢骚，她说，“这事儿中邪了，陈水灵对她百依百顺的，我叫她干什么她就干什么，态度相当好，丫的，我想下手都捞不着机会。”

我在电话嘿嘿笑，我说，“陈水灵没捞着机会，那思雯呢？有没有捞着机会啊！?”

我一提思雯楠楠火气大了去了，“老娘我上任第一天她就拎着小包跑人了，连面都没见着，要知道她会有这一手，我就来个微服私访了，看她还上哪儿跑！?”

楠楠说着在电话里冲着什么人喊叫，我猜是酒吧里的服务生，她说，“谁？谁要打五折啊？没钱就别来喝酒，告诉他，差一分钱都别想出这个门……”

挂断电话后，我心里特担心梦伊的酒吧，要让这厮看管一个月，保准一个人剩不下，都得拎着小包跑人！

2

快过年了，到处都张灯结彩的，特喜庆，这个冬天的雪好像特别多，给我感觉天空中总是稀稀拉拉地扬着雪花，我一直在家里蹲着，哪也没去，下雪的时候我不愿意出门，因为家里暖和，有时候我都希望我像只蛤蟆似的，在地底下一觉睡到春天，别说下雪，下石头都不关我事儿。

实习彻底结束了，所以研究所也不用再去了，就等着过了这个年回到学校准备我的毕业论文，对于研究所的那段岁月，没有留下什么值得我回忆的，只是周倩偶尔打电话过来时，会跟我唠叨唠叨那里空虚乏味的生活，顺便在骂骂所长那老头，说该死的老头就知道包二奶，不给她发奖金，做面膜的钱都没有了。我觉得这帮人挺无聊的，有能耐你倒是当着人家的面骂呀!?

在很长一段时间里，我感觉生活是好笑的，就像那天马小石突然跑到我家里来了，他说他爱我，也许在很久以前他就开始爱我了，只是他一直不敢对我说。他说如果我答应他，他一定会改头换面重新做人，毛主席的光芒照四方，他敢发誓除了我之外不再和其他女人有暧昧关系。

那天我一句话也没说，精神一直很恍惚，其实不是我不想说话，而是马小石没给我说话的机会，他把自己心里的那点儿事唠叨完了，掉头就走了，没管我。人家男孩子向女孩表达爱意时不都是很深情的吗？有的还拿着玫瑰花或是朗诵首情诗什么的映照气氛，他怎么像做广告似的啊!?只顾自己了，你倒是也听听我发表发表见解啊!?孙子，同意也不说，气死你!

事实上，那天之后我就再没见着马小石，他像水蒸气一样从我的视线里蒸发掉了，以至于到现在我都怀疑，怀疑那天的事情到底发生过没有，是不是我的幻觉，是不是夜里做的一个梦，这种状态持续了很久……

年前二十七，李小白约我去慕尼黑喝酒，我到酒吧的时候李小白早到了，桌面上摆放着五六个青岛啤酒的空瓶子，小白的酒量我清楚，心情好时这点儿酒不算什么，心情不好两三瓶他就晕了。那天他看上去心情很不好，很是忧郁，于是我坐下来劝他。

我说，“小白，别喝了，喝多了会很难受的。”

他看看我，说，“你来干什么，你走，马上走，我不想看见你。”

我愣怔地看着他，我说，“小白，不是你叫我来的吗，如果你不叫我来，我能来吗?”

他说，“我让你来是陪我喝酒的，不是让你来劝我的，小猪刚才被我给骂跑了，他自己的事儿还没解决明白呢，倒劝起我来了。”

虽然我和小猪好久没见着了，不过他的事情我听李小白跟我说过，小猪现在也很惆怅，他想出国留学，但是一直没有找到机会，因为他们家的经济状况不是很好，凭他的学习成绩又拿不到国外学校的奖学金。

我抢过李小白的酒杯，“小白，心里有什么不愉快的事情就说出来，喝这么多酒管什么用啊?”

李小白见我抢他的酒杯有点儿火了，“兰飞飞，你凭什么管我，你是我妈呀你管我，就喝，我就喝。”他说着打开一瓶酒咕嘟咕嘟一口气干了，手拿着空瓶子打了一个长长的饱嗝。

我看着他都傻掉了，不知道为什么，我今天一点儿气也没有，要搁以前他这样对我，我早就翻了。我想我是成熟了，过了这个年之后我又长一岁了，就像四季无穷无尽的轮回，岁月无声无息地飞梭，不知不觉中，总有一些人会长大的。

他刚才那瓶酒下去，眼睛红红的，我劝他，“小白，咱不喝了，咱回家好吗？”

他朝我嚷嚷，“兰飞飞，你今天怎么不发火呀，你倒是骂我呀，我听你骂心里特好受，就像打雷劈死人似的，劈死别人不劈死我，我就高兴，非常高兴！”

我今天真是活见鬼了，还是没有气，就是觉得心里有点儿委屈，我又没招你惹你，你干嘛跟我发这么大的火啊？大过年的谁不想高高兴兴的啊，我妈都因为过年给我前所未有的母爱了。那天我妈特意上西单花了一百八十块钱给我买了件大棉衣，说是让我过年穿，我当时非常激动，我说妈，咱家去年捐给贫困灾区的那件棉衣还五百多块呢，到我这怎么下调得这么严重呢？我说完我妈噼里啪啦地扔出一大堆话来，你能跟贫困灾区的孩子比吗，那些孩子可个个都是好孩子啊，如果经济富裕的话都能考上大学，再看看你，考个破烂大学还复习了一年呢！

我妈说完我当时就没话说了，这老太太怎么又增添爱翻小肠的毛病了？

言归正传，我拎起皮包就要往外走，不想再呆下去了，让他自己给这喝，喝死算了。没走上两步，他突然伸出手来抓住我的胳膊，我感觉得到他抓住我的那只手在发抖，他说，“飞飞，别走，别走，我知道你和小猪都是为我好，可我心里就是难受！”

我转过身看见他眼睛里含着泪水，我说，“小白你有什么不高兴的事儿说出来啊，喝酒能解决问题吗？”

他哆嗦着嘴唇说，“你明明知道春雨跟杜寒那个小子的关系，为什么不告诉我，为什么？”

我一下子明白了，心里也顿时跟着难受起来，我说，“小白，你不知道我和春雨还有杜寒的关系吗，我们是那么多年的朋友，我能说他们背着你有偷情的举动吗？再说我也没亲眼看见，怎么告诉你呀？”

李小白冷笑笑，“他们俩是你多年的朋友，那我呢？我是什么？咱俩还是同学呢，我苦苦地爱了你那么多年，你就忍心看我带着绿帽子过生活吗？妈的，那不是博士帽，那是绿帽子，绿帽子知道吗？”

我眼泪刷地流了下来，心怀愧疚，此时我真不知该如何安慰他了。

他说，“如果当初不是为了气你，我也不会跟春雨在一起，如果当初春雨不是骗我怀孕了，我也不会跟她结婚，如果当初我不是那么地爱你，今天我就不会这么地痛苦。”

我走过去抱着他，他哭得很伤心，两只眼睛就跟喷泉似的。我想，人世间有很多事情是让人无法事先预料到的，就像我和李小白初次相识的时候，他笑话我像个落汤鸡，我骂他是个四眼癞蛤蟆，那时谁又能预想到今天这一切呢？我望着窗外，不知什么时候下起了雪，看着那些无穷无尽的雪花，心里充满着无穷无尽的愁绪。

悲伤的歌曲总在悲伤的时候响起，那些烂歌似乎是为了我们这些伤心人准备的，酒吧里此时放着的那首歌让我很是伤心，“因为梦见你离开，我从哭泣中醒来，看夜风吹过窗台，你能否感受我的爱，等到老去那一天，你是否还再我身边，看那些誓言荒烟，随往事漫漫飘散，多少人曾爱慕你年轻时的容颜，可是谁能承受岁月无情的变迁……”

我忍不住地喊了一嗓子，“这歌是谁唱的？”

有一个小服务生应了一声，“水木年华，《一生有你》。”

李小白唏嘘了一句，“日本人的歌你们也放，一点儿都不爱国。”

那个小服务生回过头来“哼”了一声，“连水木年华都不知道，还搞什么婚外恋啊！？”

李小白一听蹭地穿了出去，直奔那个小服务生，把我吓了一跳，也把那个小服务生吓得够呛，脸色煞白，我以为李小白会把那个小服务生拽出来抽他几巴掌呢，结果李小白哭哭唧唧地跟人家说，“不是我搞婚外恋，是我老婆搞婚外恋，我老婆……”

我发现中国人大多数都有一颗同情心，那个小服务生很同情李小白的不幸遭遇，他说，“哦，那就是你老婆的不对了，一般来说都是我们男人搞婚外恋，女人不应该搞婚外恋，这是传统，你老婆不懂传统，小弟我建议你跟他离，然后再找个懂传统的。”

李小白顿时眼睛一亮，如同找到了一棵救命的稻草，“对对对，我怎么没想到呢，我应该跟她离，离婚！”

那个小服务生看见自己的建议已被采纳，很是兴奋，兴高采烈地把李小白拽到吧台前的椅子上坐下了，进一步地拆散人家的婚姻，我发现中国人大多数还特爱管闲事儿。

那个小服务生说话的时候张牙舞爪的，恨不得把脚都用上，他说，“大哥，小弟我是最不赞成男女平等的说法了，男女要是平等了，我们男人还上哪找地位去啊？就拿搞婚外恋这事儿来说，男人就应该搞，女人就不能搞，有时候我也在琢磨，你说要是也不让她们女人搞，那我们男人还跟谁搞去啊？后来小弟我终于想通了，这事不矛盾，咱要搞就搞没成家的女性，成家的咱可千万不能搞，那样太缺德，所以小弟认为，搞你老婆的那个男人太缺德了。”

我这回算是彻彻底底地发现了，中国人要想讲男女平等，必须得从基层抓起，最好是纳入幼儿教育，要不然这事儿还真有点儿难度啊！

从慕尼黑酒吧出来时天已经见黑了，李小白喝得走路左摇右晃的，像摇椅似的，他拽着我的手说，“飞飞，我要是跟春雨离婚了，你会不会嫁给我，会不会嫌弃我是个二婚啊！？”

我听他说这话，眼泪都笑了出来，我说，“你赶紧闭上嘴巴别说话了，我送你回家。”

他嘴巴还是不闲着，哼哼着，“我想有个家，一个蜗牛住的家……”

我一个人扶着李小白挺费劲的，那个小服务生倒是很热情，帮着我把李小白背上出租车，我原想给他点儿小费来着，钱都从皮包里掏出来了，结果他还没忘人家那事儿呢，他拍了拍李小白的肩膀说，“大哥，回去后一定要跟你老婆离呀，搞婚外恋的女人咱可不能要。”

我一听这话又把钱揣了回去，不给他，就是不给他，让他白受累！

3

雪不知不觉中停了，周围开始一户户地亮起灯来，我把李小白送回家时春雨还没有回来，她最近似乎沾了杜寒的鸟粪运，被北京一家服装公司看中当了广告模特，据楠楠说劳务费高得惊人，按我一个月赚五千块的数字来计算，够我撅着屁股干五年的，我都在想我怎么就没有那么好的运气被什么大公司看上呢，即使让我做内裤的广告我都干，还能上电视呢，说不定到时候报纸杂志什么的就得轮番报道我，“某某某大学心理系的美女兰飞飞穿着小裤头在电视上乱跑！”到那时我一下子就牛了，别人不用说，我妈立马就得跟我决裂，断绝母女关系，她老人家最看不惯这种伤风败俗的事儿了，给多少钱也不行。

我正望着屋顶浮想联翩做美梦呢，只听“哇”的一声，我身上冒着热气，李小白把肚子里那些污秽的东西都吐在了我的身上，吐完后他一屁股坐在了沙发上，然后睁开一只眼睛冲我眨了眨，嘴里叨唠着，“舒服多了，吐出来就舒服多了！”

我声嘶力竭地蹦着高地朝他吼，“你们家的垃圾桶在卫生间，卫生间……”

春雨回来的时候，我已经把地板擦完了，正在卫生间里用毛巾擦着我的棉衣，让李小白吐得特脏，大圈套小圈像地图似的，看来明天得拿去干洗了。

我从卫生间里出来时，他俩又吵起来了。李小白坐在沙发上面红耳赤，“离，咱俩明天就离。”

我突然想起从酒吧出来时那个小服务生说的话，“大哥，回去后一定要跟你老婆离呀……”狗娃的，真让他给说中了，弄不好还真得离。

春雨看见我拿着衣服站在卫生间的门口，脸色立马就变得灰暗起来，横眉冷对，眼睛里放射出狼发怒时的那种光芒，一会儿射向李小白，一会儿又射向我，我们三个人不声不响地把场面弄得十分压抑，我知道，春雨她误会我和李小白了。

“春雨我……”我刚想解释，没来得急，春雨打断了我的话。

“兰飞飞，我真是没想到啊，你居然会当我的第三者，你不是口口声声说你不喜欢小白吗？这会儿又跑到我家里来偷，我恨你，这辈子都恨你！”

我身体像触电了似的，一下子就麻木了，心灰意冷，我眼泪汪汪地望着她，我心想，你为什么说我偷啊？为什么啊？如果当初我答应李小白了，他会和你在一起吗，会和你结婚吗？我没解释，也不想解释，我憎恨这种场面，憎恨这个地方，我哭着跑出他们家，跑出来的时候，我听见李小白发火了，声音震天响，我隐约觉得这幢楼都在颤动。

“你说我和兰飞飞偷，那你跟杜寒那小子又是怎么回事儿？别以为我不知道，我什么都看见了。”

春雨也跟着喊，“你看见什么了？什么让你看见了？”

李小白冷笑笑，“我看见什么了，我看见你和那个小子上华夏宾馆了，去开房。我告诉你，我和兰飞飞什么也没有，很清白！”

“呜呜呜……”春雨的一阵哭声。

我走在雪地里，脚下发出吱吱的响声，天空中一个星星也没有，漆黑一片，我想那些星星现在跟我一样很伤心，所以才会躲在云层的后面不肯出来。我没有概念地走着，下意识里就知道往有灯亮的地方走，才不会被什么该死的东西拌倒，我一直都不相信北京的街道有多么的干净，就像我一直都不相信有什么事儿比被自己的姐妹儿误解会更难受。

我想不明白，我这无原无故地怎么就当上了第三者呢？

我越走越觉得委屈，空前绝后的委屈，我走到一颗树前停下了，左右看了看，周围一片寂静，没什么人，于是我抱着那棵树就开哭，泪流满面。

我突然想起梦伊说过的那句话，“他最爱的那个人总游弋在她的梦境里，那双期待的眼神，那张黯然神伤的脸，让她在无数个夜里流着眼泪醒来。”而总在我梦境里游弋的那个人，是一双目光清澈的眼睛，是一张幼稚天真的笑脸。可是，有很多时候我也会流着眼泪醒来，因为那是马小石八、九年前的模样，如今，他那张嘴脸让我感到恶心。其实我一直都不敢承认，不敢承认我爱过他，或者说，我一直都不敢承认，我现在依然爱着他，也许在我的内心深处，那份爱并没有停息过，只是我把他埋藏得太深了。

不知过了多久，我感觉冷飕飕的，好像身体里的血液都被凝固了，我忽然发现自己还傻乎乎地抱着那棵冰冷的树呢，我松开那棵树后看着它很来气，骂了一句，“孙子，你又不是我们家的暖气片，我抱着你有什么用啊!?”我原本还想踹那棵树一脚来着，可是我的脚不能动了，麻木了，失去了知觉，于是我吐了那棵树一口，“呸，淹死你!”吐完之后我心里就觉得舒服多了，也不准备再回想刚才发生的那些不愉快的事情了。不过我的脚还是个大问题，我的脚从小被严重的冻伤过，所以怕冻，每年冬天都会穿着一双很暖和的棉鞋，我低下头，发现自己今天穿着一双很不保暖的皮靴子。

我掏出手机，准备找个人过来接我，街道上一辆出租车也没有，我走不了了，其实我也不想走了，累了。翻遍所有的电话号码，我突然觉得自己很可怜，思前想后觉得能过来接我的只有两个人，楠楠，还有马小石。

我给楠楠打电话，接通后没说上两句就挂断了，楠楠正给酒吧的员工们开会呢。自从她接管梦伊的酒吧后变化特别大，不再像以前那样疯癫了，成天合计着如何发展自己的大事业。她说开完会在打给我，会议内容很重要，研究一下没生意的问题，如果这事儿要是解决不了，过年谁也别想回家，都他妈的在酒吧里蹲着，不给开工资，不干也不行。

我在心里琢磨了半天，她这不是虐待农民工吗？

我又打给马小石，是一个女的接的，那声音在我耳边响起的时候无比熟悉，一时又没想起来，她说，“你谁呀？小石现在不方便接电话。”

我说，“你把电话给他，找他有事情要说。”

她说，“小石真的没时间，他猜拳输了不喝酒，正往鼻子上沾纸条呢！哈哈，逗死人了！”

我一听有点儿急，扯着嗓子喊，“你快点把电话给他，快点！”

我听见她在电话那头小声嘟囔，“这人是谁啊？一点儿都不懂礼貌，没教养。”过了一会儿，马小石把电话接过来，“喂？”

“喂你个大头鬼，刚才是谁接的电话，她才没教养呢。”

马小石听着是我，连忙解释，“飞飞，我刚才往鼻子上沾纸条来着，不知道是你，不然借我俩胆也不敢让别人接啊！”

我说，“你小子别打岔，快告诉我那个女人是谁，听着怎么这么耳熟呢？”

他在电话那头吭哧憋肚的，小声跟我说，“飞飞，你别生气，是，是吴雪停。”

我当时气得浑身乱哆嗦，憋了半天，到老没憋住，“马小石，你赶紧过来接我，赶紧的，我快冻死在大街上了。”

我不知道马小石听着我快冻死了心里会不会很高兴，他说，“你在哪儿呢？告诉我，我马上过去接你。”

“北京街道你挨排给我找，找……”我说着随手把手机扔了出去，啪地掉在地上，我愣了一下，然后“哇”的一声又哭了，我没想扔手机，只是一甩手就跑出去了，我看着被摔出来的电池，心想，肯定是摔坏了。

我弯下腰想去捡手机，突然间眼前一阵眩晕，接着无声无息地躺倒，那些压在我身底下的雪，就像我家的大沙发床，特柔软，我又看了一眼摔在地上的手机，然后慢慢地闭上了眼睛，眼角还带着泪滴。

我确定，此时我眼中的泪水，是为我自己而流，我不知道我会不会就这样的死去，但我终于知道了，原来一个人死去，是那样的简单，一些记忆，一些声音，一些熟悉的面孔，慢慢地散去，世间万物，一片虚空。

[4]

当我醒过来的时候，我发现我躺在医院的病房里，除了我之外一个人也没有，当时觉得挺纳闷的，我为什么会躺在医院里头呢？我百般回肠凝想，忽然一念回转黯然神伤，我想起了李小白，想起了马小石，想起自己躺在雪地里。不能再想了，真的不能再想了，有些事情想了只能会让自己更加伤心。

我下床，拉开窗帘，一缕明媚的阳光照射进来，刺得眼睛生疼，如果不是白色的积雪覆盖着眼前的景象，我还以为春天来了呢。我伸伸胳膊踢踢腿，血脉顿时畅通无阻，很舒服，于是我又再想，我这是得了什么病？腿脚这么好干吗住院？我突然想起梦伊说过的那句话，“不知道这是不是个天大的笑话，爱她的人和对她好的人都得癌了，带着她长大的姥姥就是得癌死的。”想到这儿，我脑袋有点儿晕，我是不是也得癌了？不能再想了，真的不能再想了，有些事情想着想着就成为现实了。

有一个女护士推着小车走了进来，看见我活蹦乱跳地凶巴巴地说，“快，快躺下，我量一量体温。”

在我印象当中，所有在医院里工作的人员都特严肃，就像别人欠了他们一大笔钱似的。我细看了一眼这个护士，年龄不大，至于长相很让我高兴，没办法，看见别人比我长得难看我就高兴！

我躺在床上，刚想问她我这是得了什么病，一开口还没说话呢，我就看见一支偌大的体温计向我的嘴飞过来，不偏不倚不深不浅正好射进我的嘴里，我冲她伸出大拇指，射得真准，丫儿没当护士之前准保是个射击运动员！

那个护士量完体温推着小车出去的时候，我问她，我说，“护士小姐，我这是得了什么病啊!?”

她回头看看我，说，“我们医院里有规定，对于有些病人的病情我们是不能跟当事人说的，你休息吧，有事情叫我。”说完她推着小车出去了。

我想这是什么规定啊，我得病凭什么不让我知道啊，一般只有得了绝症的才不告诉当事人呢，我这又不是……癌?

这回真没容我多想，两眼一闭，晕了过去。

当我再睁开眼睛的时候，看见马小石坐在我的床边，冲着我很腼腆地傻笑，他今天穿得很好看，西装革履，小分头抹得油光锃亮，这让我想起小时候那个爱干净爱漂亮的马小石，那时候他很臭美，买身新衣服就在我面前转悠，特能显摆。有一次他买了件梦特娇，虽然是假冒伪劣产品，但也沾了名牌的光，显得很贵气，他穿上后在我面前来回地转悠，要是往常我一定会夸他很漂亮，然后他微抿着双唇样子很得意。可是那天我心情不好所以就没理会他，他转悠来转悠去见我不发表见解最后终于憋不住了，他说兰飞飞你没看着我穿新衣服了吗!? 我说你这是新衣服吗，我还以为给哪弄来的救灾衣服穿上了呢。气得他直蹦高，大骂我眼睛冒泡。

他说，“你睡觉时都流着眼泪，是不是梦见我和别的女人在一起了？”

我说，“你怎么那么缺德啊，你和谁在一起关我什么事情啊，我都是要死的人了。”

我掉过头，胸口一下子滚烫起来，泪水打湿了枕头，如今，我连那些记忆都要没有了，这几天似乎把我一生的泪水都流完了，也许这就是命中注定，注定我不应该欠这个世界的，就像我无法带走那些泪水一样。

马小石把我搂在怀里，他身上那种淡淡的烟草的味道让我哽咽，我一直都喜欢躺在他的怀里，静静地幻想着自己的未来，静静地闻着淡淡的烟草的味道，然后静静地睡着，然后在梦里看着他的笑脸。不过这些都是很久以前的事了，因为这几年我们俩从来没有这样亲密的接触过。

他说，“飞飞，你放心吧，你不会死的，医生说你没什么事儿。”

我一个翻身坐了起来，“什么？医生说我什么？我不是得癌了吗？”

马小石哈哈大笑，“谁说你得癌了？你只是缺血，所以才会晕倒，你现在比我还精神呢，我会死你也不会死的。”

我问他，“你怎么会死呀？”

他说，“我怎么不会死啊，医生说我的血多，从我身体里抽出四大管子血，三大管子给了你，剩下的那一大管子直接上交血库了，抽完血我当时都没起来，直接就晕了过去，结果医生一检查，说我也缺血，不过不准备再往我身上浪费血源了，说我造血功能好，自造一段时间就够用了，还说我最近晕倒是正常现象，只要注意晕倒的时候脑袋别往硬东西上撞就行。”

我听后也哈哈大笑起来，用手使劲儿地推了一下马小石，结果医生说得一点儿都没错，他晃了两晃，然后就晕了过去。嘿嘿，他现在可真是脆弱啊，一点儿振动都扛不住！

没过几天我就出院了，本来贫血也算不上什么大病，用不着住院，可是马小石坚持让我住在医院里，说是让我留院观察，看看还能不能查出别的什么病了，早发现早治疗，大冬天的往雪地里躺谁受得了啊？我说你怎么不盼着我有点儿好事儿啊？乌鸦嘴！他嘿嘿笑，我打他没打着。

出院那天，小石开着车过来接我，穿着厚厚的羽绒服，样子特滑稽，我看着他哈哈大小，他说你笑什么笑啊，是不是病好了又有精神头了，赶紧上车吧，一会儿天黑了，西三环那儿又新开了一家火锅店，我带你去尝新鲜。不知道为什么，马小石似乎对火锅情有独衷，这些年跟他在一起吃得最多的就是火锅，特别在冬天。

那天在火锅店里我们聊了很久。

我问他，“为什么那么爱吃火锅？”

他笑笑，他说，“火锅就像人生，本来是一锅清澈透明的水，就像人生下来什么也不懂，是一张白纸一样。当把所有的配料放入锅中，就有了它自己的个性，用火去烧它，它就会开，也就有了激情，把不同的青菜和肉类下入锅中，就有不同的味道，也就是品味人生，煮熟后加上不同的调料去吃，就是体会人生中的酸甜苦辣，什么味道都品尝过了，也吃饱了，锅也烧干了，人生也就走到了尽头。”

“你又在瞎掰！”我打趣地说。

“这不叫瞎掰，这叫火锅人生！”马小石抿抿嘴说，“你还记得我们相识的时候吗？”

“记得，那时候你还是个小屁孩，梳着小分头，瘦得像个猴！”我哈哈大笑，想起他那时候的样子就觉得好笑。

“你也没比我强多少啊？”他说着喝了一口酒，接着坏笑地用手指点点我，“那时候你扎着两条小辫子，穿着花衣裳，土里土气的，一看就知道是个乡下妹子，站在我家门口不敢敲门，后来自己又偷偷跑回去了，呵呵！”

“谁站在你家门口不敢敲门了，我可没有。”我辩解，但心里一直想不通，这事情都过去这么多年了，他怎么知道的呢？我记得我也没跟他说过啊？一般像有损我个人形象的事情我都不会跟别人说。

“当然是你了，是后来我去你家找你玩时阿姨跟我说的。”他嘿嘿笑，“阿姨还说你胆子小，有时候晚上睡觉做噩梦自己都能把自己吓哭！”

我这辈子算是毁在我妈的手里了，从小到大我的什么事她都跟别人说，挺有智商的一个老太太，怎么竟干糊涂事儿呢？

喝了几杯酒后，天渐渐地黑了下来，冬天的夜晚似乎来得很早。

马小石说，“我曾经看过一本书，里面有一个传说，在很久以前，有一个梦情海，在海边住着一位叫伊莎的漂亮女人，她十八岁就一个人住在那里。听别人说伊莎在等她的情人，在梦中爱神丘比特告诉伊莎，她的情人会在梦情海与她相遇。可是伊莎在那里苦苦等待了半个世纪，也没有和她的情人相遇。就在伊莎六十八岁的一天，突然在她面前出现了一位一脸沧桑的男人，那个男人看着伊莎掉下了眼泪，双唇抖颤着说：‘我在海的对面，默默地等待了你五十年。’伊莎看着那个男人伤心无奈地叹了叹气，一份爱，用一生去等待。”

他说完后把目光移向窗外，静静地想着什么，静了很久，之后他把头掉过来看着我说了一句话，他说，“当我看见你趴在雪地里一动不动时，我的心很疼，我很后悔。”

马小石说完后我也沉默了，沉默了许久。后来他说，明天咱俩一起去潭柘寺吧。

5

一个天气晴朗的午后，我和马小石去了潭柘寺，潭柘寺至今已有一千七百多年的历史，始建于西晋，是北京最古老的寺庙。不过这不是我和马小石第一次来，几年前我们也曾来过。

“小石，我们为什么要来潭柘寺啊?”入了潭柘寺的大门，我们往山上走，我想不明白他为什么要来这里。

“今天的人很多啊！你知道这里什么最有名吗?”马小石问我。

“应该是它的历史吧!”我觉得应该是它的历史，我说完望着他。

“先有潭柘寺，后有北京城。”马小石沉默了一下接着说，“其实，这里求婚姻很灵的。”

“哦?是吗?”我迟疑。

“嗯。”他点点头。

我似乎明白了马小石为什么要来这里了。马小石跪在佛前很久，低着头，闭着眼睛，就像一个十分虔诚的佛教徒。说真的，我很少看见他像今天这样，他好象一下子成熟稳重了许多。

马小石起来后上了几箸香，然后向我走过来，他微笑笑，“你怎么没拜?”

“佛在我心里!”

“有我在，佛不会怪你的。”他笑。

“为什么跪了那么久？”我问他，“是不是觉得自己罪孽深重啊？”

他想了想后说，“我在佛前许下了心愿，这是我一生中第一次求佛！”

“你许下什么心愿了？”我迫不及待地想知道，他在佛前许下的心愿，因为我真的想象不出会有什么心愿令他如此庄重。

“以后再告诉你吧，不过这个心愿与你有关。”马小石神秘兮兮的，看样子这事儿还真和我脱离不了关系。

“我现在就想知道，告诉我好不好？”我拉着他的胳膊。

“不行不行，打死也不能说。”马小石说着几个大跨步进了一间佛堂，回头看看我，“以后再说。”

我正琢磨着这小子许下的是什么心愿呢，“嘟嘟”电话响了，一看来电显示是李小白。我拿着电话寻思了一会儿，不知道应不应该接这个电话，可是，后来还是接听了。

接通电话后，“飞飞，是我，听说你前几天住院了？怎么没告诉我啊？我好去看你。”

“没什么大事情，小白……”我顿了顿，“小白，以后我们还是少联系吧……”

“什么？为什么？”李小白没等我把话说完，“飞飞，你这是什么意思啊？”

“我不想让春雨误会我们，不想影响你的家庭。”我望着寺院里的那棵帝王树，眼泪打着眼圈转。

“……”李小白沉默了一会儿后说，“飞飞，也许我错了……”

马小石从佛堂里出来的时候，我和李小白已经通话结束了。

马小石走过来怪怪地看着我，“怎么了？怎么哭了？”

“没什么。”我擦了擦眼泪，“我们走吧。”

马小石点点头，没再多问什么。也许，他知道那个电话是李小白打来的。

从山上下来的时候，天已经渐渐黑了起来。由于之前下的雪还没有完全化掉，所以道路不是很好走。

“小石，你慢点开车。”我提醒他，然后把车座椅放平，“我有点儿困了，先睡会儿。”

“嗯。”他应了一声，掉过头来看看我，“到家时我叫你。”

我点点头。

“不知道为什么，最近总是想睡觉。”我有一句没一句地说着。

他坏笑笑，“这是要进入冬眠期的一种表现，呵呵，你快冬眠了。”

“去你的。”

当我快要睡着的时候，马小石又掉过头来看了看我，“我喜欢这种感觉。”他说。

“什么?”我没听明白。

他笑笑又把头掉了回去，没再说什么。

夜很静，天很凉，车里却很温暖。我睡着了，隐隐约约中马小石把一件衣服盖在了我身上。

记得那天当我醒来的时候，天已经亮了，我和马小石在车上睡了一夜，而车子就停在我家楼下。我问他到地方了为什么不把我叫醒?他笑笑说看我睡得很香甜，就没舍得叫我。他还开玩笑说我终于和他一起在外面过夜了，我白了他一眼，骂他是上流社会里的下流人，他嘿嘿笑。

马小石后来对我说，那天在车上他一夜都没睡，他看了我很久，望着那张沉睡的脸，他觉得他很幸福。他说他这些年好象从来没有那样地看过我，他心里软软的，他愿意做我的保护神。

说心里话，我不知道马小石说的话是不是真的，但他跟我说这话的时候，他的眼眸里透着一种叫做坚定的东西。

我望着窗外，想起了马小石曾经写过的一首诗：

如果爱情没有泪水

我就会长出翅膀

带着你一起飞翔

——马小石·《泪水》

第六章>>

chapter six

风雨落花随波而去

诗人就是自由的女神，我无情地挥霍泪水，流向曾爱过的人，我已经死了，可我的影子还在大地上奔走，就像悬崖上盛开的花，那是诗人无息的灵魂……

【1】

这个年很快的就过去了，我似乎都没什么感觉，生活的车轮还像以前那样慢慢腾腾地朝着一个未知的方向滚动。我没再伤心过，也没觉得忧愁，以前的那些事情好像都随着这个年随风飘散了，除了忙于我的毕业论文外，很悠闲。

梦伊还没有回来，楠楠也一直在照看着她的酒吧。杜寒依然继续为他的文学事业打拼着，对于他的第二部作品《鸟粪的味道》，成了他不愿提起的伤痛，此大作在畅销书排行榜上至今“鸟无声息”，而更让人痛心的事不是没进排行榜，而是给他出书的那家文化公司带来了空前绝后的经济损失，文化公司也为此做过挽救措施，买一本《鸟粪的味道》赠送一本《杜寒写真集》，写真集这东西不比黄色书片，暴露的地方太少，视觉冲击力不够，全书一百二十页杜寒只有一页大胆尝试用屁股面对镜头，无奈这一页还太过朦胧，有屁股没脸，细心的读者对此图片产生怀疑，怀疑那个屁股是不是杜寒本人的，最后还是以心痛收场。

东边日出西边雨，总有一片天是晴朗的。相对来说，于明的那本《大上掉下个避孕套》就卖得不错，于明还被评为什么年度最有潜力的网络作家之一。那天周倩打电话过来时还跟我说呢，她说由于她老公写了这本书，现在的避孕套都跟着畅销了，我说你老公那还用说吗，污染儿童身心健康，迫使青春期发育提前，多大的功效啊！她说那是，我现在都以我老公为荣！

那天田奇上我家来了，自从上次在电影院门口遇着过之后，一直没再联系，那天我们俩的话语很少，大部分时间都在沉默，互相凝望，这让我有点儿不知所措，浑身不自在，我从他的眼神里看到了一种东西，我不知道可不可以把它说成是爱情，因为他没说，而我心里却像打鼓似的，咚咚响。

其实，田奇这个名字在我心里一直停留在相亲的那天，后来那些都是有关江默然的记忆，而江默然对于我来说一直都是生活中以外的人物，一直都存活在他的作品里，我从来没想过，我有一天会认识他。就像他有时跟我开玩笑说，他经常会把楠楠错叫成我的名字，我想，在田奇的潜意识里，那个兰飞飞一直都是让人哭笑不得的楠楠，而我，只不过是他生活中的一个意外而已。

马小石最近表现很好，他拍着胸脯说要做我的劳模男友，所以不分昼夜地听从我的调遣，我也一下子从丑小丫变成了金凤凰，绝对是部长级的待遇，出门有专车宝马，吃饭有人屁颠屁颠地结账，心情不好了还有人撅着屁股让你踹，虽然我没答应过他什么，但我觉得这样的生活挺好，很塌实。

当然，我们俩也有吵架的时候，不过每次吵到最后都是他向我认错，而我还会不依不饶地跟他嚷嚷，跟他翻小肠儿。我说，你老早就开始喜欢我了，为什么还跟那么多的女人在一起啊？这会儿又像个狐狸似的对我好，谁稀罕啊!？每次我说着说着都会泪流不止，而他就会低着头站在那默不做声，有一次我看见他也哭了，他把我抱在怀里，他说，飞飞我会用一辈子来补偿你来爱你的，我愿意在漫漫人生中与你一起凋零，请你相信我，我会的。

我想起许多年前那个繁星璀璨的夜晚，马小石拿着刚写好的一首诗跑过来，神情羞涩地向我朗诵他的诗篇，我还记得那首诗末尾的两句话：“当我发现我爱你的时候，你已经走了很远。”

我猜不透这是不是一个很有诗意的讽刺，因为这句话似乎应验了。

那天晚上我做了一个梦，梦里有一个小男孩手捧着鲜花向我跑来，忽然一阵风雨吹落了他手里的那些花，那个小男孩坐在地上看着那些散落的花瓣，痛哭流涕，当我走过去的时候，那个小男孩不见了，地上的花不见了，眼前一片苍茫。

这个梦我之所以还记得，是因为梦里的那个小男孩是马小石，是他小的时候。那天我找占卜的师傅去解梦，那个占卜的说："风雨落花，爱情如梦。"我问那个占卜的，我说那梦醒了呢？他说梦醒了故事就结局了。我又问他，那结局如何？他说，你没梦见结局我怎么知道啊，你什么时候梦见结局了再来找我。我说我要是梦见结局了，找你还管什么用啊？

我不知道我为什么会做那个梦，我最近似乎很愿意回想起以前，回想起和马小石的小时候，那时我们多好啊，天真得像无邪的精灵，为了一桩不起眼的小事儿，为了一件弄脏的新衣服，都会抱着枕头无声地流着眼泪。可是现在，那些令人难忘甜蜜的往事只能是回忆了，因为我们再也回不去了，真的再也回不去了。

就像每年北京街头那些纷飞的杨花柳絮一样，落下了，却再也无法回去。

2

有一天夜里我躺在床上睡得腾云驾雾，忽然听到电话响，接通后是小猪打来的，我当时愣住了，虽然我跟小猪的关系也不错，但他却很少半夜三更地打电话给我，在记忆中没有过。小猪在电话里似乎很激动，他这人有一个小毛病，一激动说话就有点儿不利索，含糊不清，也就是我们所说的结巴。小猪最初的理想是当一名辩护律师，不过他也自知当辩护律师有点儿难度，弄不好当事人有理叫他这一辩护也得变成没理，所以义无返顾地放弃了自己的理想，修了心理学。

我拿着电话干着急，也没听清楚小猪说的是什么，我说，“小猪，什么事情你慢点儿说，千万别激动，不然你着急我也跟着着急，咱俩都着急。”

小猪不吭声了，我估摸是在酝酿着情绪，过了一会儿，他说话了，不过还是有点儿激动，他说，“李小白出……出……出事了。”

我说，“他出什么事了？”

小猪说，“撞……撞……撞树上了。”

我一听撞树上了，心里有点急，不过在事情没搞清楚之前一定要保持镇静，我问他，“撞啥样啊？”

他说，“树没事儿，车也没事儿，就是人……人……”

真让人受不了，到关键时刻又卡壳了，如果让他主持什么娱乐节目，不是吹，那收视率肯定极高，最次也得超过“非常6+1”。

我说，“小猪，人是不是也没事儿啊?”

他说，“人……人快不行了。”

我挺坚强的，没有摔倒，也没有哭，只是拿着电话愣了有一会儿，我问小猪，“李小白住在哪家医院里?”

他说，“在，在宣武医院，离事发地点最，最近的一家医院。”

我立马打车去了医院，在路上我给马小石挂电话，想叫他也过去，我怕我到时候听到不好的结果承受不住，事实上我已经承受不住了，拿着电话的手抖得厉害，号码拨了四五遍也没拨过去，老是按错，后来是那位司机师傅帮着打的，马小石说他随后就到。

我到了医院，看见春雨坐在走廊里的椅子上，眼圈红肿着，嘴唇也有点干裂，她看到我把头掉了过去，没说话，我也没答理她。

小猪在病房的门口站着，看到我之后走了过来，我问他，“李小白怎么样了?”

小猪依然激动着，其实小猪平时说话是很正常的，他说，“人已经没……没……”

我没扛住，一屁股坐在了走廊的地上，浑身哆嗦着，我来晚了，人已经没了，没了。

午夜，医院里很寂静，我的哭声似乎飘荡在每个角落里，春雨听见我哭，她也“哇哇”地哭出声音来，于是我们两个人的哭声似乎惊动了医院里所有的人，那些人都闻声赶来，把走廊里堵得水泄不通，兴高采烈地看着热闹，我听见有人埋怨说，“这医院就是没有剧场敞亮啊！”随后又有人喊了一声，“别碰我的腿，医生刚给接上，还没长牢固呢。”

我坐在地上，没觉得自己有多丢人，就知道心里此时特难受，特疼痛，就像一颗心从几万米的高空摔在地上一样，万千思绪忽然被勾起，我想起曾经那个死缠着我不放被我骂的李小白，我想起曾经那个被我擦了鼻涕还对着我傻笑的李小白，我想起所有关于李小白的记忆，一时间是那样的清晰，一时间许多记忆在脑海中又渐渐的模糊远去，恍如一梦。

我从泪眼朦胧的视线中看见春雨向我走过来，蹲在我的旁边，抖颤着嘴唇想要对我说些什么，结果哽咽得没有说出来，泪水在我的脸上像潮涌一样，带着数也数不清的伤痛，无穷无尽的流淌。当我哭到无法正常呼吸的时候，我看见小猪张嘴说话了，这次他一点也没结巴，相当的流利，他说完没把我气死，倒是直接把我气晕过去了。

他说，“李小白现在没事了，只是在昏睡。”

记得在我晕过去之前，我对小猪说了一句话，我说，“小猪，你太让人惆怅了你！”说完我就晕过去了，一点没耽误事儿。

当我醒过来的时候，黑夜已经不黑了，窗外的天边红彤彤的，马小石坐在床边，用手抚摸着我的脸，我看着他，略带一丝忧伤的脸上目光清澈如水。此时的我心头突然涌出一股幸福的暖流，他笑了笑，然后轻声地说，“李小白已经醒了，过去看看吧。”

我站在李小白的病房外面，没有进去，透着玻璃窗户往里望着，春雨正用湿毛巾给他擦脸，很细心，我看见李小白浑身上下都包着纱布，像外国大片里的蜘蛛侠，样子特逗人，我看见春雨给他擦脸的时候，长长的眼睫毛来回的煽动着，就像飞舞的蝴蝶，我想，他现在一定很疼，很疼！

我在病房门外站了几分种，最终还是没有进去，只要看到他没事儿，我心里就很踏实了。

我走出医院，深深地吸了一口新鲜的空气，然后坐在门口的台阶上，望着东方，太阳已经露出了地平线，这些年我好像从来没像今天这样专注地看着早晨升起的太阳，有很多东西似乎在我们忙碌的生活里把他遗忘了，当你冷不丁地把他想起时，也许会让你有一种莫名的感动，就像此时我看到那天边的红霞，似乎从我眼前飘过一丝记忆，很多年前的记忆，像是谁的笑脸。

不知什么时候春雨也从医院里走了出来，站在我的旁边，她看上去很疲惫，我知道她一夜都守护在李小白的床前，一夜没睡。

我们俩彼此沉默着，好像谁也不愿意先开口说话。自从上次我从她家跑出来之后，我们没再见过面，可是事实上，我天天都能够看到她，因为她签约的那家服装公司已经正式地推出了春夏服装，广告做得铺天盖地，恨不得连外星人都知道，所以春雨现在大小也是个“广告明星”。我突然间觉得，我和春雨的距离越来越远了，虽然她现在就站在我旁边，而我却觉得可望不可即，以前那个和我无话不说无话不谈的姐妹儿，似乎从这个世界上消失了一样，淡漠得都感觉不到了，这让我很伤感。

一阵沉默过后，春雨说话了，“飞飞，你知道我有多爱李小白吗？我对李小白的爱，就像李小白爱你那样，爱到最后受伤了也不知道后悔。”她顿了顿，又接着说，“你知道我和杜寒是什么关系吗？我和杜寒就像你跟马小石那样，想爱不敢爱，不敢爱却又爱上了，爱上了还不肯承认，爱得特傻。”

我抬起头来，看见春雨满面通红地望着我，目光宛然。此时我都不知道我该说什么了，想了半天，“春雨，我真的希望你和小白能过得幸福，你们俩一个是我多年的同学，一个是我多年的朋友，我能说什么呢？”

春雨叹叹气，“我想恨你，却恨不起来。”她说着无声地流了两滴眼泪，“李小白做梦的时候都叫着你的名字，就为这我们俩没少生气吵架，但我知道，我不能阻止他爱你。”

我眨眨眼睛没有说什么。

她凄然地笑笑，“无数个夜晚，我在床头小灯的微光下，细细地看着李小白那张熟睡的脸，去想他有没有爱过我，答案是什么？我不知道，我也不想知道。一些事情，明知到是错的，却还要去坚持，因为不甘心。”

"春雨……"我欲言又止。

"算了，我想明白了，其实伤害不是分手，是无法挽回的过错，我已经答应小白了，这个选择，我做了很久。"春雨说完转身回去了。

我踱步走出医院的大门，没告诉马小石，也没打车，甩开莫名的思绪，忧忧郁郁地向着家的方向走去。

快走到家的时候，肚子突然间觉得饿了，于是又晃晃悠悠地往我家附近的肯德基走去。

我正抱着一块炸鸡发泄忧愁呢，马小石的电话打了过来。

他说，"飞飞，你上哪去了，怎么不见你人影呢?"

我说，"我在我家附近的肯德基吃炸鸡呢。"

他听后在电话那头扯着嗓子喊，恨不得从电话里钻出来把我掐死，"你吃炸鸡倒是带上我啊，怎么吃独食啊？我肚子饿得呱呱叫了，你等着，我马上过去吃炸鸡，吃完之后一起去你家。"

我终于明白了，发泄忧愁也可以跟自己的胃过不去，那天，我吃了很多炸鸡翅。

3

我的毕业论文终于写完交了上去，为此我足足兴奋了一个星期，用楠楠的话说，“丫儿的你让我拿笔写东西还不如让我去当鸡！”十载寒窗，拿起笔来就呕吐，我深深体会到了广大学子们的痛苦。

我的心理学导师张元平看到之后激动不已，他说，“兰飞飞同学，我终于盼到了你的毕业论文，不容易呀！”

我当时也挺激动的，我说，“张老师，学生我至今也没弄明白，什么叫心理学啊？”

只听“啪”的一声，一个玻璃茶杯摔碎的声音，这是我大学生活里最后一次看到张老师摔杯子，之前他摔碎多少个杯子了我无法计算，说真的，我挺满足的，因为我又祸害了他老人家一只杯子。

大学的日子即将画上一个永久的句号，这也意味着我的人生又开始了一段新的旅程，而我却不知道这段新的旅程该怎样去走。在很久以前，我似乎对自己的未来有着美好的憧憬，可是当我走进现实的生活里时，却看到了在那些美好憧憬的背后隐藏着太多太多的无奈。

那天我坐车上学校去取东西，我有一些衣服和书什么的一直寄存在学校里，车刚走到北四环的学院桥，楠楠的电话就打了过来。

我接听后问她，“有什么指示啊？”

她说，“你知道李小白和春雨离婚的事儿吗？”

我拿着电话沉默着，其实我听到他俩离婚这事儿并不感到意外，就是觉得心里有点难受。

楠楠见我半天没吭声，在电话那头咋呼上了，“这事情你是不是早就知道了？我还以为我是第一时间得到的消息呢，看来你们这帮人都知道了，就我一人蒙在鼓里，你们真不够意思，倒是早点告诉我，好让我提前进入悲痛当中啊！”

我说，“人家分手你悲痛什么啊？”

她说，“我怎么不悲痛啊，狼才虎貌多好的一对啊，一想起他们俩结婚那天排山倒海的场面，我就忍不住兴奋，真够局势，你说他们俩现在怎么就东跑西飞了呢，是不是因为杜寒那小子啊？”

我一直没把那天我从春雨他们家跑出来的事情告诉楠楠，甚至我连晕倒在雪地里住进医院的事情也没告诉楠楠，如果搁以前，我心里要是有什么不愉快的事情，肯定会找朋友什么的唠叨唠叨，释放一下郁闷的情绪，如今有些事情在心里想着想着就想开了，我想，我是成熟了，真的成熟了。

楠楠突然转移了话题，“对了，梦伊和你联系没有？她把这么大的一个酒吧交给我，怎么一个电话也不打呢，我都有点儿扛不住了。”

听楠楠这一说，我忽然想起了梦伊，当我要计算一下日子的时候，我错愕了，她居然走了有几个月了，这期间我们一直没有联系，我还记得她走的那天像个领袖似的向我们这伙人挥手，然后进了通道，没有回头。

我望着车窗外，天渐渐地阴了起来，好像要下雨了，梦伊和我一样喜欢雨天，喜欢在雨天里睡觉或是看琼瑶的小说。我一直觉得在雨天里看琼瑶的小说最有感觉，而梦伊似乎比我的感觉更深，她喜欢看实物，就是趴在窗前看着那些在雨里奔跑的行人，在很长一段时间里，我无法理解梦伊为什么会喜欢看那些在雨里奔跑的行人，后来梦伊跟我说了一句话，我似乎有所触动，她说在她小的时候经常被雨浇，没人管她。

不知道梦伊那里此时下雨了没有，她什么时候回来，我很想念她。

当我把漂浮的思绪收回来的时候，楠楠在电话里像海啸似的狂喊，“兰飞飞，你听没听我说话啊，老玩沉默谁受得了啊，一分钟两毛钱，都他妈的便宜中国移动了，赶紧上酒吧来，咱俩当面话聊。”

楠楠现在有点儿像梦伊，经济脑瓜，两毛钱她都算一算，以前她可不这样，别看穷得叮当响，坐飞机也是打肿脸充胖子头等舱那伙的。

我说，“没什么要紧事儿我就不去了，有些衣服和书还在学校里寄存着，我得去取。”

她说，“就你那些破东西谁偷啊，你过来吧，顺便在帮我照看一下酒吧，我下午还有个约会需要应酬，好了，见面再说。”

楠楠说完就把电话挂了，我拿着手机有点糊涂，她也有人约会了吗？过了一会儿，我回过神来，告诉那位司机师傅车掉头，去地中海酒吧。

我坐在酒吧里的椅子上，看着楠楠不敢作声，她今天的造型让人有点儿扛不住，不说是惊天地也算得上泣鬼神了，打扮得花枝招展，整个一火鸡，嘴唇像吸了血似的红，我猜她往身上喷的是月亮牌香水，而且还没少喷，五米开外都能把人熏倒，如果我是男的我一定会问她，“小姐，出台多少钱？”

我确定楠楠是谈恋爱了，自从她跟王博分手后一直没有谈过恋爱，虽然她嘴上不说，但我知道，那次她伤得很深。不知道这次那个傻男人是谁，我猜测那个男人不是退伍军人就是哪个武术院校出来的，要不然他这辈算是载了，我可知道，叫楠楠小鸟依人百感柔情，你甭合计，门儿都没有！

楠楠笑嘻嘻地说，“最近大诗人老来这儿喝酒，丫儿的酒量真差劲儿，来一回醉一回，看着那个可怜。”

我想了想，还是没想出来，我问她，“哪个大诗人啊？”

她说，“你怎么这么健忘啊，不就是跟你相亲的那个田鸡吗，每次我看见他喝多都多算他酒钱。”

我嘻嘻笑，“你真够缺德，生意不好也不能净可一个人坑啊！”

楠楠嘿嘿笑，“我现在她终于明白马小石说过的那句话了，‘忧郁的诗人，神经的画家’丫儿的就是说这帮搞艺术的精神都不好，难怪杜寒把鸟粪看得那么神圣呢！”

楠楠说着突然压低了声音探过头来，“你知道杜寒现在跟谁好上了吗？说出来吓死你。”

我连想都没想，“那还用说吗，春雨和李小白分手了，除了春雨还能有谁啊？”

楠楠斜了我一眼，“看看你这智商，笨心眼儿寻思，要是春雨我能问你吗？”

我细一想也是，要是春雨她也不能问我，笨心眼儿寻思，她问我那她得傻到什么程度啊！？于是我也压低了声音探过头去问她，“那是谁呀？我认不认识？”

“你要是不认识还有意思了吗，说出来你可别激动啊，就是陈水灵。此人一直是我要打击的对象，就是一直没捞着机会。”楠楠说着又随口磨叽了一句，“唉，生活啊！”

楠楠说完我真就没激动起来，就是没想到陈水灵小小年纪居然这么有手腕，先是马小石，这会儿是杜寒，把我生活圈子里的两大传奇人物都搞到手了，而且还不露一点儿声色，有句话怎么说来着，蔫了吧唧的人心眼儿多，真给说中了。

杜寒带着文学研究社那帮人喝酒来了，在人群中我看见了陈水灵和于明，杜寒看到楠楠和我坐着聊天，冲进来笑嘻嘻地说，“楠楠，你怎么打扮得跟个淫妇似的啊，冷不丁的我还没认出来，是不是情窦初开了？”

楠楠脸刷的一下红了，不好意思了，说实话，我还很少看到她脸红过，她扬起手来打了杜寒一巴掌，“你小子不会说人话，小心我把你送进残联。”一帮人哈哈笑着，杜寒像得多大便宜似的，笑得特满足。

楠楠把杜寒那帮人安排完后，哼哼着小曲约会去了，我问她，“那个人是谁？”

她说，“小孩子家乱管什么呀，看好酒吧，要是杜寒结账就多算他个三头二百的，这年头干点啥都不容易，朋友来了你就得多照顾照顾。”

我算是看明白了，这年头坑人的事都是先可熟人下手，好坑啊！

杜寒叫我过去跟他们一起喝点，我说我这两天胃不好，喝不了酒，其实我心里有鬼，我的胃一点儿毛病也没有，跟铁打的似的，就是怕杜寒结账的时候我不好意思多收他钱，这差事还真不是人干的。

杜寒问我，“最近怎么没看见小石呢?”

我说，“小石去深圳考察去了，说是要开什么公司，我估摸着是去深圳泡妞去了。”

他嘿嘿笑说，“小石变了，不像以前那样花心了。”

马小石去深圳有一个星期了，目前在我这个朋友圈里属他财大气粗，想当年也属他最窝囊，当然，还有我眼前这位大作家，如今也是名利双丰收，用楠楠的话说，这帮人都变了！

陈水灵也走了过来，她冲着杜寒飞了个媚眼，然后拽着我的手笑得跟朵花似的，“飞飞姐，我真挺想你的，那天我还说过去看你来着，后来被什么事儿给耽误了。”

我心想，你要是能过来看我，那太阳打西边出来了，装什么好人？不过我也挺热情的，我说，“你可越来越滋润了啊，看看小脸蛋儿红扑扑的，就跟红萝卜似的。”

她笑得特甜蜜，说我会夸人！

不知道为什么，在陈水灵的身上我总能看到梦伊的影子，有很多时候我都因为看到她而想起梦伊，就像此时此刻，我又想起了梦伊。其实，陈水灵和梦伊有一个类似的童年，可是梦伊却能走进我的生活让我坦然接受，而她却不能，因为梦伊是靠自己的坚持和汗水，梦伊的笑容真诚。

这时杜寒已经回到座位上和他带来的那帮人高谈阔论着诗人与灵魂，于明说，“腐朽的诗篇不是诗篇，那是良心，一个作家的良心，有屁就放不是污染，那是灵魂，一个画梦者的灵魂。”

于明说完其余的那些人都附和着，过了一会儿，又有一个人站了起来，那个人乍一看像个在逃犯，长长的头发特别的蓬乱，脸色苍白的没有一丝血色，不过那双眼睛却特有内涵。

这个人我没见过，我想陈水灵能知道，因为他们一起来的，于是我问陈水灵，“那个人是谁?”

陈水灵笑着说，“那个人就是诗人梧桐，今天他是主角。”

说实话，梧桐这个人我没听说过，我想我没听说过的原因是因为马小石没跟我提过他，在我脑海里仅有的那些诗人的名字，都是马小石给我输入进去的，像希梅内斯、拜伦、库罗奇金一些人。马小石特别特别崇拜希梅内斯，自称读完了他的所有诗篇，并得出结论，说他是个精神已经崩溃的伟大诗人，如果他精神不崩溃就不会获得“诺贝尔文学奖”，以至于我现在对希梅内斯也很崇拜，我特喜欢他《音乐》里的一段话：激情之流冲决黑暗，犹如裸女敞开阳台之窗，向星空哭泣，渴望那无名之死——疯狂的永生……

梧桐站起来挥舞着手臂，颇像当年列宁上台演讲时的样子，只不过他的表情太过于深沉，如同苍茫的落日，不过围坐的那些人却是十分的激动，眼睛里闪烁着光芒，看得出他们对梧桐很是敬仰。梧桐说，“诗人就是自由的女神，我无情的挥霍泪水，流向曾爱过的人，我已经死了，可我的影子还在大地上奔走，就像悬崖上盛开的花，那是诗人无息的灵魂！”

梧桐说完，那些围坐的人都分分站起来拍手叫好，陈水灵在我旁边也发出一丝感叹，“诗人就是诗人，和我们正常人说话完全不一样啊！”

这一点我赞同，我觉得诗人除了外表比较个性外，还有一个与众不同的地方，就是不好好说话，胡诌八扯语无伦次。我一直觉得大多数诗人在风花雪月，以及灵魂、泪水、本质等词语中执迷不悟。马小石说这是诗人的通病，诗人最怕面对现实了，没钱吃饭灵感还飞跃个屁呀!？这年头连爱情都摆在了货架上，落满了灰尘，你诗人在牛又能牛到哪里去!？

杜寒他们坐下后又接着刚才的那个话题开始谈论着，当杜寒提到徐志摩时，梧桐很是感慨，他说，“徐志摩的死是幸运的，是一个真正的诗人所向往的，当他每次坐在飞机上的时候，他都希望飞机能够掉下去，把他的肉体从万米的高空埋藏在远处的地平线上，那是多么神圣的结局啊!？”

在很久很久以后，我听到一则消息，梧桐进了精神病院，也许这才是完美的结局吧！

4

不久，李小白离开北京去了美国，我得到这个消息的时候，他已经走了，是小猪告诉我的。那天小猪约我去学校旁边的那家咖啡屋，“情人岛”，来这里的基本都是附近几所高校的男女学生，以前我和李小白、小猪也经常来这儿坐坐，吹一吹死不要脸的牛皮，畅想一下如同梦游般的天马行空的美好未来。

这里的老板是一个很漂亮的中年妇女，她跟我一样也是东北人，每次她看见我来都很热情，总会坐下来和我闲聊一会儿。其实在北京这个繁华的大都市中有很多的外来的他乡人，遇见老乡也并不是什么出奇的事儿，只不过她也姓兰，似乎姓兰的人很少，所以我们俩的关系也就自然走得很近。以前她很愿意跟我提起她的家庭，每次提起时她的嘴角都会挂着幸福的微笑，直到有一天，她不再跟我提起，我知道，她的家庭破碎了。

我想不明白，在这个世界上为什么会有那么多的悲剧呢？我痛恨悲剧，可是当悲剧降临的时候，我们每个人却又无法逃避，就像我们喜欢白天，却又无法阻止黑夜的来临一样。

那天，我和小猪在咖啡屋里坐了几个小时，小猪说李小白走之前上我家来过两回，他陪着来的，都是在夜里，没有上楼，站在楼底下。小猪说最后一次是在李小白走的前一天夜里，在我家楼底下一直站到天亮。

不知道为什么，我听到小猪跟我说这些的时候，心里很平静，出奇的平静。

我望着窗外，天又渐渐地阴了起来，好像又要下雨了，六月的北京雨水是很频繁的，就像一个伤心人的眼泪。

我掉过头来，问小猪，“李小白走的时候为什么不告诉我，为什么？”

小猪说，“小白不是不想告诉你，他知道你爱哭，怕到时候看见你哭他心里难受，他说他这辈子最怕看到两人的眼泪，他妈妈的，还有你的。”

小猪喝了口咖啡后又接着说，“你那天在医院里不是哭昏过去了吗？一开始小白不知道这事儿，后来我告诉他了，他听后哈哈大笑，说你傻，我看见他笑的时候眼睛里含着泪水。”

我突然想起李小白出院的那天，那天的阳光很灿烂，我们一大帮人上医院去接他，楠楠也去了，她看到李小白挺激动的，她说你小子真够禁撞啊，我还以为一命呜呼了呢，丫四肢健全啥零件也不缺，看着比以前都如狼……什么来着？对，如狼似虎，你真如狼似虎。李小白嘿嘿笑，他说就算是撞死了也值啊，有那么多人为我哭，有一个傻女人居然都哭昏过去了。楠楠一听有一个傻女人哭昏过去了，就像发现了新大陆似的，拽着一瘸一拐的李小白兴奋不已，问他那个傻女人是谁？李小白回头瞄了我一眼，笑着没说。

我问小猪，“李小白走的时候说什么了吗？他说没说什么时候回来呀？”

小猪说，“小白走的时候没说什么，不过他给你留了一封信，在我身上。”

小猪说着把信从兜里掏出来递给我，咖啡色的信封，那是李小白最喜欢的颜色，信封上很干净，没有墨迹，跟他的人一样，我稳住颤抖的手，拆开信封，信纸也是咖啡色的，信纸上的内容很简单，就是他上学时给我写过的那首诗：

那天我梦见你
夜风吹过窗帘
就算你拒绝我一千次

也不会忘记梦里的那一瞬间

我爱你

比永远多一天

……

看过之后，我闪过一丝苦涩的笑容，我想我会流下泪水来，可是我没有，我不想在小猪面前哭，我不想让他看见我哭，尽管喉咙特别堵，鼻子也很酸。

小猪问我，“你知道那次我们一起去丽江，小白把什么埋在拉市海了吗?”

我摇摇头，“他一直没有告诉我，他说他永远也不会告诉我。”

小猪说，“小白把他脖子上戴着的那块玉观音埋在了拉市海，你们一同站在的那个地方，他说如果有一天你接受他的爱了，他要和你一起再去丽江，把那块玉观音挖出来，他相信那块玉观音会为了你们的爱情永远在那个地方，这也是他当时在心理许下的那个愿望。”

我低着头，泪流了下来。

“有一次小白跟我说，他说他永远也忘不了和你一起去看拉市海的夕阳。”小猪说着叹了叹气，“小白对爱情是一个很专一的人，只是他走错了一步，不应该跟夏春雨结婚。他自己也知道，由于他做出了这样的选择，永远地把你推开了，即使他离婚，也无法挽回。”

我和小猪走出咖啡屋时，天依然是阴沉着，好像还有点起风了。小猪跟我说，“李小白走的时候没说什么时候回来，而且只带了一只小小的箱子，他说北京留下了他很多东西，因为有很多东西他无法用箱子带走，就像他的爱情。”

我一个人走在街道上，手里拿着那封信，说不上来是难受还是悲伤，总觉得心里空落落的。走着走着我看到了学校的大门，于是一溜小跑冲了进去，我以为会看到我所熟知的人，结果都是一张张陌生的面孔，每个人的眼睛里闪烁着那些青春的光芒，我晃晃悠悠地走在校园里，总觉得自己再寻找着什么，可是除了那些花草，除了那些树，除了那些错杂的建筑物外，我真不知道还有什么可寻找的。

天空中淅淅沥沥地下起了小雨，从男生宿舍里传出来伴着吉他的歌声，那是我所熟悉的歌曲，只是他们唱的有些跑调了，老狼的那首《同桌的你》，我忽然间特别怀念，怀念大学里那些栩栩如生的日子。

不知不觉我走到了图书馆，我趴在门口往里望了望，里面的人很少，就一个小师弟和一个小师妹，他们手捧着书坐在那里聊天呢，没看见我。那个小师弟说，“芳玲，我永远爱你，真的，我没骗你。”

那个小师妹说，“那你能告诉我，永远到底有多远吗？”

那个小师弟愣愣地坐在那儿，无言以对了。

我抬头，望着灰暗的天空，那些飘落的小雨点落在我的脸上，凉凉的，记得李小白曾经对我说，他会爱我比永远多一天，我不知道那个小师妹听到这句话会不会被感动，可是李小白第一次对我说这句话时我觉得特好笑，如今，这句话却成了我记忆里最忧伤的句子。

我突然间明白我在寻找什么了，记忆，是记忆，是那些随着岁月所流逝的记忆，是那些渐渐离我远去的记忆。记得小白说过，有些人是离开之后才发现，离开了的才是自己的最爱。

此时在我耳边又响起了那首歌，那歌声飘荡在空气里，飘荡在雨里，飘荡在我心底的最深处，“明天你是否会想起，昨天你写的日记，今天我是否还惦记，曾经最爱哭的你……”

我常常想，当李小白站在异国的星空底下，当他遥望远处的那片蓝天时，是否会想起，想起那个曾经。

5

一个月以后，我通过表叔的关系找到了一份很不错的工作，不过工作的地方不在北京，在珠海，因为我表叔在珠海，他在那里有一家公司。我妈很不愿意我去，她说一个女孩子家去那么远的地方干嘛，在北京又不是找不到工作，后来看我决心已定，她老人家也就不再多说什么了，虽然她不说什么，但我知道她心里很难受。每次她带着那种忧伤的眼神望着我时，我就会有一种无言的痛在身体里无声无息地流淌。

我忽然间发觉，我妈不像以前那样爱唠叨了，也不再拎着菜刀吓唬我跟我俩吵架，而且在很多夜里我从睡梦中惊醒时，我都会看到她静静地坐在我的床边，看到她冲着我微笑的脸，看到她两鬓斑白的头发，有一次我抱着我妈痛哭流涕，我说妈我会爱你一辈子的，我妈打趣地说，你个小丫丫，少拿甜言蜜语来忽悠老妈，我有你爸那老头的爱就足够了，谁稀罕啊！我说你这个小老太太嘿，怎么不知道好歹呢，谁能有这待遇啊！？我妈打我没打着，躲过去了，老了，她真的老了，记得小时候她每次打我都不会失手，准保一个巴掌下来我一脸桃花。

我走的那天天气好的出奇，风和日丽万里无云，这让我想起初次来北京，在我眼里一切都觉得是那样的新鲜，那样的美不胜收，记得当时的天气也是这么好。十年间，我从来没有离开过这个城市，没有离开过我那个小小的生活圈子，今天是我十年后的第一次离开，不知道这是不是我生命中冥冥中的注定，一如当年。

我走的时候没有通知什么人，甚至连我妈我爸都让我拒绝在家里，我说您二老别给我添乱了，该打麻将的打麻将，该下棋的下棋，有我一个人就够用，用不着那么多人，我说着扛起包牛闪闪地出了家门，打量出租车直奔首都机场。

我坐在候机室里，看着周围那些送行的人们，有的紧紧拥抱，有的轻声细语，有的面带微笑挥手告别，我一点儿也不牛了，眼泪打着眼圈转，那么老多人没有一个是送我的，这让我很伤感。

我手机响了，接通后是楠楠，她在电话那头扯着嗓子喊，跟地震似的，"兰飞飞，还没上飞机吧，你要走倒是吱个声啊，阿姨要是不挂电话告诉我，我还不知道呢，这事儿多振奋人心啊！"

我说，"快了，快上飞机了，你就别来回跑了。"

她说，"那怎么行啊，怎么着也得见最后一面啊，你告诉机长一声先别开，等我一会儿，到大山桥了，我操，高速公路也塞车，什么交通啊这是？对了，我把我男朋友也带来了，我不让他来，他非要来送你，先挂了啊，一会儿见。"

过了二十多分钟后，楠楠来了，她的男友跟在她的后面，其实我早就猜到她的男友是谁了，只是我一直都不敢确定，这回我知道了，是田奇。我想起相亲的那天不禁感到好笑，当时楠楠替我相亲的时候，只不过是一场闹剧，如今这场闹剧却成为了现实，人世间有很多事情是让人无法预料的，就像人与人的相识和缘分，就像楠楠和田奇，就像我和我身边所有的人，哭过，笑过，来了，又走了，还是那句话，也许这就是冥冥中的注定！

我看着他们俩嘿嘿笑，楠楠现在的穿着打扮都很得体，不像以前那样大大咧咧不修边幅了，我说，"你们俩真般配啊！"

"那还用说！"楠楠说着推了一下田奇的肩膀，"你说咱俩是不是很般配？"

田奇耸了耸肩，看看我，沉默了一会儿说，"真要走吗？北京有你这么多的朋友，到了一个陌生的地方会很不适应。”

我点点头，“会适应的，祝福你们！”

他微笑。

楠楠问我，“在北京好好的，为什么要去珠海啊？那里有什么好啊？是不是脑袋里哪根筋出问题了？”

我笑笑。

楠楠说，“飞飞，你能放得下马小石吗，这么多年了，我看得出，你很在乎他，他变了，他真的爱你！”

我低着头，没说什么。

我走进通道的时候，后面有人喊我的名字，那声音熟悉得让我感到陌生，我回过头望去，是马小石，他手捧着鲜花，站在送行的人群中，看着我似乎要说什么，目光落寞宛然。我低下头，心灵深处的一些东西在一瞬间开启，伴着苦涩一直涌到胸口，泪水止不住地流下来。

当我再抬头时候，我看见那些花散落在空旷的地上，带着一个人的悲伤，我又想起了那个梦，还记得那个占卜的说，“风雨落花，爱情如梦”。只是我梦到了马小石手捧着鲜花向我跑来，而我却没有梦到走的那个人是我。

当飞机冲入云层的时候，我慢慢地闭上眼睛，我问我自己，为什么要离开？仅仅是那份很不错的工作吗？还是在逃避？逃避什么呢？相遇，相识，然后告别，一切的一切归于平静。我又想起了马小石诗中的那句话，“当我发现我爱你的时候，你已经走了很远……”

那天，珠海，小雨。去机场接我的那个人叫康浩，浓眉大眼的，是我表叔公司的部门经理，我不认识。

后　记

很多年以后，我又想起了在北京的那段生活，只是在记忆深处，有一些人和一些事变得很朦胧……

很多年过去了，我一直生活在珠海，日子过得很平静，没有太大的起伏，有很多时候我都在想，我会不会永远生活在这个城市里，我经常和我的男友去海边散步，一起看着碧水蓝天，一起看着夕阳缓缓地落下海岸线。我的男友叫康浩。

很多年以后，我在北京机场遇到了李小白，他还像以前那样干净英俊，由于赶飞机，所以我们只是匆忙地问候了一下，他身边有一位很漂亮的女孩，我想，应该是他的女友吧。不知道他是否还记得埋在拉市海的那块玉观音，我没再去过丽江。

很多年以后，我想起了柳梦伊，对于她的记忆，我依然停留在她离开北京时的那个场景，她像个领袖似的向我们这伙人挥手，再挥手，然后进了通道，没有回头。听楠楠说，自从那次梦伊走后就再也没有回来过，也没有任何关于她的消息。

很多年以后，我想起了马小石，不过我心里不再有那种忧伤，不知道他现在过得怎么样了，是否还记得在潭柘寺里许下的那个心愿，我至今不知道那个心愿是什么，因为我一直没有再见过他，一直没有。

很多年以后，我又想起了在北京的那段生活，只是在记忆深处，有一些人和一些事变得很朦胧。

不知从何年记起，那年花开时，又见烟雨，往事如何也不愿再提起，就像那些风雨落花的记忆，随波而去……

《爱情，晚安！》——全书完